화가 花로 피어날 때

화가 花로 피어날 때

무각 지음

무한

prologue

우리는 너나없이 소중한 존재들이다. 우주라는 공간 속에서 지구라는 별은 티끌과 같다. 수억 만년을 지내오면서 목숨을 받고 사람으로 태어났다는 것은 엄청난 기회를 만난 것이다. 마치 망망대해에서 거북이 등에 올라탄 것과 같다.

그런데도 인간은 세상을 파괴할 수 있는 무기를 손에 넣었다. 차라리 멀리 있다면 의견 충돌이 생기는 일은 드물겠지만, 여러 명이 한 방에서 지내다 보면 예기치 않은 충돌도 생길 수 있다. 이처럼 우리가 몸담고 있는 지구란 별은 대단히 불안전한 상태에 놓여있다.

우리에게 주어진 금쪽같은 기회를 무성의하게 날릴 수는 없는 노릇이다. 이것저것 즐거운 일에 손대 보아도 마음은 머지않아 시들해지고 만다. 마음은 상황에 반응하여 나타난 것이기 때문에 또 다른 상황을 연출하고 싶어 하는 까닭이다. 그렇기에 마음을 따라다니다 보면 구멍 난 독에 물 붓기이다.

'욕망과 화를 다스리는 기술'은 이것을 포기하고 저것을 취하자는 것이 아니다. 우리가 무엇 때문에 정신없이 혼 빼놓고 살고 있는지를 알아야 한다는 것이다. 그것도 이렇게 귀중한 시간에 말이다.

같은 물살에 발을 두 번 담글 수 없는 것처럼 모든 현상은 매 순간 지나가고 새로운 시작이 계속된다. 물살이 여기에서 저기로 흘러갔다는 것은 멈추어진 중간지점을 통과하는 것이다. 세상은 끝없이 불타오르면서 멈추어져 있다. 고통의 물결이 일어나는 것도 멈춤을 통과하기 때문에 생겨날 수 있다. 무엇을 얻고자 하는가, 본래부터 고요했고 나중까지 고요한 세상에서.

－무각

contents

—

1장

고통을 받아들여라

고통 대신 행복의 꽃을
꽂아달라고 요구하지만
그 짧은 순간의 즐거움에 빠져
구겨진 옷감의 얼룩진 때
기쁨에 취해
꽃은 시들어 버림을 알지 못한다.

마음을 행복으로 물들이려 하지만
마음은 어느 것에도 물들지 않기에
물들지 않는 것을 물들이고 싶은
이룰 수 없는 희망을 안고 사는 우리를
무명의 존재라 말한다.

나는 누구인가?

산다는 것은 도대체 무엇인가?

질문을 던져 보아도 다시 또 어딘가로 달려야 한다는 공허한 메아리만 울려 퍼진다. 그래서 마음이 내미는 소리를 왜곡 없이 지켜보아야 한다.

보석 중에 '호박'이라는 보석이 있다. 그것은 송진이 강한 압력을 받아 만들어진 것이라고 한다. 일반 보석은 균열이 가면서 깨지지만, 호박은 그런 균열들을 그대로 간직하고 유지하여 보석이 된 것이다.

호박 내부에 있는 몇 천 년 전에 살던 모기나 곤충의 피를 분석하면 과거에 생존하던 동물의 정보도 알 수 있다. 균열이나 곤충까지 그것을 그대로 간직하는 보석처럼 우리도 선한 생각, 악한 생각, 탐욕스런 생각 등 모든 것들을 합리화시키지 않고 있는 그대로 볼 수 있어야 한다. 직심으로 지켜보는 똑바름이 바로 '보석이 되는 지혜'이다.

원시부족민들은 하늘을 날아다니는 비행기를 처음 보았을 때 큰 새가 날아다닌다고 생각하였다. 그런데 큰 새 안에 사람이 타고 있음을 알고 참으로 기이한 일이라 여겼다. 어떻게 이처럼 무거운 물건이 날아다닐 수 있는지 말이다. 그러나 우리는 비행기가 날지 못할 때 이상하다고 생각한다. 날아가도록 만들어진 것이 날지 못하는 것을 신기하게 여기는 까닭이다.

생각의 차이는 있을 지라도 인간은 누구나 행복과 불행을 경험하면서 살아간다. 존재계가 인간만을 골라서 기쁨과 슬픔을 심어놓은 것은 아닐 것이다. 하지만 말 못하는 동물들은 기쁨과 슬픔에 대하여 크게 신경 쓰지 않고 살아간다. 그래서 동물이 자살하는 경우는 없다.

인간만이 기쁨과 슬픔에 민감하게 반응하기 때문에 극단적인 선택을 취하는 것이다. 이처럼 크게 고통 받을 일도 없고, 크게 기뻐할 일도 없는 세상에서 인간은 자신이 특별하다 생각하기 때문에 참으로 열심히 고통을 받는다.

자신이 누려야 하는 행복의 수치가 커질수록 맞이하는 불행의 깊이는 더욱 깊어져 간다. 아무리 자석의 한쪽을 잘라내도 반대의 극은 여전히 존재하는 것처럼. 우리에게 다가오는 행복과 불행, 사랑과 미움, 밤과 낮, 기쁨과 슬픔 등을 아무리 한쪽만을 고집한다 해도 성취할 수 없다.

이것을 이해하는 것이 명상의 시작이고,

고통을 두려움 없이 받아들이려는 마음가짐이 정신 수련의 시작이다.

이득과 손해를 보면 나타나는

자신의 생각을 놓치지 않고 살필 수 있을 정도로

민감하게 깨어있어야 한다.

삶의 고통은

깨어있는 의식을 함양하는 여건을 만들고,

인내와 자비를 수행하는데 없어선 안 될 최고의 스승이다.

　마음을 다스리거나 정복하려면 허망한 마음의 속성을 이해하는 것부터 시작되어야 한다. 평소처럼 마음이 쫓고 쫓기는 관계를 통해 마음을 단속하고자 하는 것은 별 도움이 되지 않는다. 그렇기에 내 마음 같으면서도 마음을 단속하기가 쉽지 않다. 발이 가렵다고 신발 위를 긁어본들 전혀 기별이 오지 않음과 같다.

　마음이 쫓고 쫓기는 관계를 통해서는 마음이 절대로 바뀌지 않는다. 설령 열심히 쫓기를 계속하여 마음을 정복했다손 치더라도 그 마음은 또 다른 무언가를 쫓기에 여념이 없을 것이기 때문이다. 마음은 여전히 소란스러울 것이며 쫓고 쫓기는 마음의 습성은 언제나 계속될 것이다.

누구나 고통을 극복하고 온전한 행복을 소망한다. 그러나 모든 존재는 죽음이라는 덧없음으로 귀착되고 만다. 목숨의 한계를 지니고 있기에 그처럼 행복을 소유하고 싶어 하고, 고통을 멀리하고 싶어 하는 나약함을 지니고 있다.

생명을 지닌 존재가 두려움을 지닌 나약한 모습으로 변한 것은 '죽음'이 있어서다. 그러나 죽음이 사라진다면 그 또한 참을 수 없는 일이다. 이렇게 살아도 저렇게 살아도 마음에 맞는 흡족함이란 없는데, 죽지 않는 것보다 더한 형벌이 있을까? 즐거워하고 괴로워하는 것도 알고 보면 죽음이라는 무대가 있기 때문에 행할 수 있는 연출인 셈이다.

매우 뜨거운 것과 매우 차가운 것을 피부에 갖다 대면

어느 것이 뜨겁고 차가운 것인지 분간해 내지 못한다.

비교할 대상이 없었기 때문이다.

우리의 마음도 이와 같다.

비교할 무언가가 없으면 마음을 일으킬 재료가 없어진다.

우리가 평생에 걸쳐 뒤쫓고 있는 행복과 만족감에 대해서

스스로 자문을 해보라.

나는 행복한가, 불행한가?

다른 누군가를 비교하여 떠올리지 않는다면

우리는 행복하지도 않고 불행하지도 않다.

그런데 다른 누군가를 끌어오면 그제야 행복과 불행이 모습을 드러낸다.

마음이 나타나기 시작하는 것이다.

마음은 이미 지나간 과거와 아직 오지 않은 미래의 옷을 입고 있다.

이것을 내 마음이라 착각하기 때문에

희로애락에 발목이 잡혀 생각의 굴레를 벗어나지 못하는 것이다.

바람처럼 번뇌가 우리를 통과해 갈 수 있도록 두려움 없는 마음으로 번뇌를 바라보아야 한다. 언제까지나 고통과 번뇌가 우리의 발목을 잡고 있지는 못한다. 그러나 번뇌를 물리치려고 발버둥 친다면 성난 말이 함부로 날뛰듯 마음이 요동치게 된다.

마음을 정복하기 위해 많은 사람들이 구도의 길을 걸었고, 앞으로도 무수한 사람들이 그 길을 갈 것이다. 인간에게 고통이 존재하는 것도 어쩌면 그 길로 들어서기 위해 준비하는 것인지도 모른다.

고통과 번뇌를 극복된 상태를 원하는 그 마음이 고통과 번뇌를 일으킨다.
이것은 한 손으로는 고통을 버리려 하고
다른 한 손으로는 고통을 쥐려고 하는 것과 같다.

우리가 생존하는 지구란 땅덩어리는 셀 수 없을 만치 수 없는 별 가운데 하나이다. 더구나 지구에서 내려다본 개개인이란 참으로 미미한 존재이다. 그런데도 항상 안락한 환경과 조건만을 떠올리기에 짜 맞추어진 틀을 벗어나지 못하고 기둥에 묶인 개처럼 육신을 빙빙 돌며 살아간다. 오랫동안 새장에 갇힌 새가 나는 것을 두려워 새장을 벗어나지 못하는 것처럼 좋고 나쁜 것에 매달려 움켜쥐어야 하고 성내어 떨치려는 습성 때문에 존재의 본질인 '참마음'을 언제까지나 골방 구석에 가두어 놓고 있다.

2장

상대와 절대의 세계

달 그림자
연못에 비치는 아른거림
출렁거리는 물결을 따라
걸어도 갈 곳이 없고
있어도 머물 곳 없다.

고요한 폭풍의 전야
휘영청 달이 밝다.
참을 수 없는 건
여전히 다가설 수 없는
허전한 가슴을 안고
아직도 살아있다는 것

내 마음을 바로 세워야만 고통에 물드는 마음에서 벗어나 평화로워질 수 있다. 우리가 늘 사용하는 마음이란 원인이 있어서 결과로 나타나는 것이다. 만일 원인이 없다면, 즉 대상이나 경계가 없다면 감각 기관이 있더라도 마음을 일으킬 재료가 없음과 같다.

과거 비행기나 컴퓨터가 없던 시절에 살던 사람들은 그런 것이 없다고 불편함을 느끼지 못했다. 그것에 대하여 경험된 정보가 없으므로 어떠한 상상이나 기억도 해낼 수 없기 때문이다.

우리 역시도 미래의 어떤 것이 지금 없다는 것으로 불편함을 느끼지 못한다. 마음이란 단지 보고 듣고 기억할 수 있는 범위에서만 움직이기 때문이다. 이처럼 마음이라고 불리는 것은 어떤 실체가 있는 것이 아니라 원인이 주어져야 나타나는 그림자에 불과할 뿐이다.

  우리가 애지중지하는 육신조차도 잠시 머물다 가는 손님이다. 우리는 모두가 세상이라는 정거장에서 영원함이라는 기차를 타기 위하여 잠시 머물다 갈뿐이라는 사실을 이해한다면 육신에 매달려 집착한 것들로부터 자유로울 수 있다. 집착으로부터 자유로울 수 있다면 집착이 얼마나 우리를 왜소하게 만들고, 고통의 늪으로 쉼 없이 밀어 넣고 있었음을 깨닫게 될 것이다.

누구나 혼란과 갈등에서 자유롭기를 바란다. 그러나 혼란과 갈등에서 벗어나기란 결코 쉽지 않은 일이다. 혼란과 갈등은 욕망이 있기에 일어나는 현상이다. 만일 욕망이 없다면 혼란과 갈등은 존재하지 않을 것이다. 혼란과 갈등을 일으키는 원인이란 '현재의 나'로부터 '저렇게 되어야 하는 나' 사이의 괴리감 때문에 발생하는 것이다.

우리들은 욕망에서 벗어나고자 한다. 그러나 진짜 벗어나고자 하는 것은 욕망이 지나간 후에 몰려드는 좌절감, 다시 또 욕망을 찾아나서는 끝없는 방황 등에서 벗어나고 싶은 것이다. 만일 욕망이 일으키는 폐단이 없다면 욕망을 거부할 사람도 없고 거부할 필요도 없을 것이다. 그런데 욕망이란 불길은 한번 붙으면 쉽게 꺼지질 않고 타오르기에 그로 인해 발생되는 폐단은 삶을 무참히 짓밟아 버릴 정도로 어마어마하다.

이름과 모양에 집착하다 보면 근본을 소홀히 여기게 된다.

영화에서 주인공에게만 관심을 두고 배경은 보지 않고 있다.

모든 것이 서로 관계로 이어져 그물처럼 짜여 있음에도

특정한 부분만을 바라보는 제한적인 안목 때문에

우리에게는 그처럼 수많은 희로애락이 존재한다.

삶의 인도를 받으라

세상이 나를 잉태함은

편케 살라는 뜻이 아니라

불편이 옳은 일이라 함이요,

세상이 나를 출태함은

완전케 하고자 함이 아니라,

부족함을 만족코자 함이라.

적음을 통해 소중함을 배우고

불완전을 통해 사랑이 생겨남을 알아

그 무엇도 나를 멈출 수 없음은

휴식조차 그대를 향한 도약임을 아는 까닭이라.

그대를 향해 가는 나는 본래 완전하여

완전해지는 과정이 필요치 않으나

부자유했음은 다만 자유를 원했기 때문이라.

걷고 있는 한 걸음이 목적지일 때

그대를 향해 가는 내가 바로 그대이리라.

내 이제 따로이 그대를 찾지 않음은

하나가 곧 전체임을 아는 까닭이라.

세상을 살아가면서 겪게 되는 많은 혼란과 갈등은 그것을 종식시키려는 욕구가 있기 때문이다. 만약 문제를 삼지 않는다면 문제될 일은 없다. 다만 살아있음의 대가로 치러야 할 당연한 것으로 인식될 것이다. 이처럼 문제를 만들고 있는 것은 바로 우리 자신이다. 이러한 문제로부터 벗어나는 것은 불가능하다. 계속 다른 문제를 끄집어내면서 해결하려 들 것이기 때문이다.

고통 받는 문제가 자신이 만들어 낸 것이 아니라 세상이나 환경이 제공한 것이라면 모든 사람이 공통적인 괴로움을 겪어야 하지만 항상 문제는 이원적으로 존재한다. 똑같은 문제를 놓고 어떤 사람은 그것을 활용하여 발전의 계기로 삼는가 하면, 어떤 사람은 실의에 빠져 자포자기한다.

마음을 잠재의식과 연결하는 통로로 사용해야 한다. 개인적인 사리사욕에 마음이 머물면 잠재의식은 단지 골방에서 잠들어 있는 노인에 불과할 것이다. 잠재의식이 깨어나도록 마음을 써야 한다. 마음은 자꾸 생각하는 쪽으로 기울어 잠재의식에 각인되기 때문에 무심코 나온 말 한마디, 뜻 없이 행한 일 하나에 그동안 살아오면서 일구어 놓은 전체 의식이 담겨져 있다.

잠재의식은 허공처럼 무한한 영역을 지니고 있다. 그런데도 나와 내 것을 고집하는 아상에 붙들려 있는 탓으로 잠재의식이 우주의식으로 퍼져나가질 못하는 것이다.

마음이 밖의 형상과 소리를 쫓아 흘러나가면 탐욕과 화에 물들기 때문에 모두가 자신을 구원할 수 있는 보물을 스스로 지녔음에도 밖으로만 내달리게 된다. 밖으로 달리는 것이 허물이 아니라 안의 보물을 알아차리지 못하는 것이 허물이다.

자신의 허물을 단속하는데 게으르지 않고, 언제 어디서나 주의 깊게 마음을 관조하는 사람은 때가 되면 모든 인간적인 속박으로부터 벗어나 축복의 바다에서 헤엄치는 자신을 발견할 것이다. 자신은 이미 무한한 빛을 내는 보물을 지니고 있으며 한 번도 잃어버린 적이 없기에 구원받을 만한 늪에 빠진 적도 없었다는 사실을 이해할 것이기 때문이다.

표면적인 의식이 아닌 잠재의식이 우리를 이끌고 있다. 따라서 선택을 한다거나 자유의지라는 것은 별로 쓸모가 없다. 마치 주인에게 끌려가는 개처럼 끈에 묶인 채 오가는 것을 '자유의지'라고 부르는 것인지도 모른다. 이처럼 작은 부분만을 왔다 갔다 하면서도 선택하면서 산다는 것은 대단히 어려운 삶의 방식이다. 왜냐하면 마음은 쉴 새 없이 내 마음에 들고 안 들고를 따라 움직이기 때문이다. 그래서 선택 없는 삶의 태도는 다른 어떤 삶의 방식보다도 우월한 위치에 존재한다.

인간은 25세를 기점으로 서서히 노화되어 간다고 한다. 육체는 단 한 순간도 한눈 팔지 않고 부서지고 있다. 육체는 비록 늙어가도 정신은 여전히 활기차고 슬기를 지닐 수 있다. 자신의 의도를 적당한 결론으로 얼버무리는 일없이, 자신과의 솔직한 대화를 통해서 드러나는 지혜로운 삶을 살아야 한다. 다른 모든 것과의 관계에서 타협은 필요하지만 자신을 합리화시키는 일은 없어야 한다.

자신에게서 만큼은 자기 연민이 쏟아내는 거품으로부터 단호하게 시선을 거두어야 한다. 자신의 의도에 순종을 꾀하는 태도는 나약함으로 정신을 병들게 하는 까닭이다. 당당하고 살아있는 정신은 자신과의 대화와 탐구를 통해서만이 간직할 수 있는 것이다. 무심코 행한 행동일지라도 우리의 내면은 이러한 행동을 하기 위해 많은 양의 정보와 기억을 되살리고 인식한다.

자신의 내면을 읽어나가는 주의력 없이 성장한 몰이해가 많아질수록 더욱 많은 선택을 해야 한다. 선택의 양이 많다는 것은 본인이 안정되지 못한 상태를 의미한다. 생각과 행동이 조화를 이루지 못하는 것은 몸과 마음이 따로 논다는 말이다. 말은 이렇게 하고 행동은 저렇게 한다면 신용을 잃게 될 것이다. 적어도 자신이 한 말에는 책임을 지려는 자세가 상대방으로 하여금 믿음을 주게 된다. 이런 믿음들이 쌓인 삶에는 어떤 파도도 흔들어대지 못한다.

　인간은 누구나 구속당하기보다는 자유롭기를 원한다. 그러나 자유롭기를 바란다는 것은 무언가 자신을 억누르고 있다는 것이다. 그렇기에 자유롭기를 바라는 것보다 무엇에 의해 억눌린 마음을 지니고 있는가를 먼저 알아야 한다.

　이미 자유로운데도 자유를 꿈꾸는 것은 애써 부자유를 뒤집어 쓴 후 덫에서 벗어나기를 바라는 것은 아닌가를 살펴야 한다. 그렇기에 막연히 자유롭기를 바란다면 자유는 결코 성취될 수 없을 것이다. 무언가 마음의 깊은 층에서 우리를 억누르는 것을 이해하기 위해 내면을 지켜보는 정신 수련을 하는 것이다.

있는 그대로 보아라

있는 그대로 본다는 것

세상에서 가장 행하기 힘든 일

과거를 맴돈다는 것

고통의 굴레에서 벗어날 기약 없으니

기쁨과 슬픔에 요동치는 마음

채워질 수 없는 텅 빔을 끌어안고

산다는 건 외롭고도 먼 길

있는 그대로 본다는 것

세상에서 가장 기뻐할 일

태어난 모든 생명체는 필연적으로 늙고 병들고 죽어야 하는 거부할 수 없는 운명을 지니고 있다. 당연한 사실이지만 그것을 받아들이기는 쉽지 않다. 아마도 자신이 피땀 흘려 이룩한 업적이 그저 기억이 되고, 정들었던 사람들을 더 이상 만날 수 없다는 두려움 때문일 것이다. 그러나 모든 생명체는 생멸함을 받아들여야 한다는 엄연한 사실 앞에, 무기력한 자신의 존재에 대항하려는 듯 집착을 떼어버릴 수 없는 짐처럼 안고 살아간다.

우리가 행하는 의지 작용이 반복적으로 이어짐으로써 행위는 습관이 되고, 더 나아가서는 카르마라고 부르는 업의 원인이 된다. 행(行)인 의지 작용은 습관과 업을 형성하면서, 좋은 행은 좋은 결과로 나쁜 행은 나쁜 결과로 나타나게 되는 것이다. 우리가 일으켰던 무수한 행동의 의도인 씨앗들은 고스란히 내면에 잠재되어 있다. 잠재의식의 세계에서는 어떤 일을 행하려고 마음먹는 순간 저장되어진다.

설령 마음은 먹었지만 행동으로 옮기지 못했다 해도 행동으로 옮긴 것과 같은 결과를 가져온다. 그래서 마음을 먹는 순간 업을 일으킨다. 똑같은 사물을 볼 때 어떤 사람은 긍정적으로, 어떤 사람은 부정적으로 바라본다면 긍정과 부정의 마음을 먹는 것이다. 이러한 것은 모두가 자신이 행하려고 마음먹었던 씨앗들이 결과를 거두는 것이다. 잠재의식을 이해한 사람들은 결코 세상에 매달리지 않는다.

무언가를 얻고 구하려 한다는 것은 현재의 상태로는 무언가가 부족하다고 마음을 먹었기 때문이다. 그렇기에 부족한 것을 채우려는 실천이 뒤따르지 못하면 잠재의식은 부족한 마음의 상태를 있는 그대로 받아들여 부족한 상태가 계속되도록 이끌게 된다. 그래서 욕심과 집착이 많으면 본인의 뜻과는 전혀 반대의 결과로 모습을 드러내는 것이다.

상대를 위해 베풀면 풍요로움을 마음먹기 때문에 풍요를 성취하게 된다. 부정적인 생각과 행동들을 긍정적으로 변화시켜야 한다. 어떻게 세상이 내게 다가올 것인가는 우리들 자신에게 달려 있다.

3장

우리를 슬프게 하는 것

곰을 만나 간신히 살아난 젊은이가
그 길로 산꼭대기 도인을 찾아
제자 되기를 간청하였다.

산꼭대기 도인은 말하길
목이 마르니
우선 물 한잔을 달라.

계곡으로 가던 중
곰을 만나 곤경에 처한
여인을 구했다.

둘은 눈이 맞았고
곧장 마을로 내려와
두 아이의 아빠가 되었다.

홍수가 마을을 덮쳐
홀로 남은 비통함에
산으로 올라갔다.

산꼭대기 도인이 말하길
내가 부탁한 물 한잔은 어디 있는가?

슬픔과 기쁨이 번갈아 교차하기에 참담함을 느낀다. 이처럼 변해가는 것이 고통을 만들고 있다. 세상은 잠시도 멈춤 없이 변해간다. 그래서 인간은 슬픈 존재이다.

슬픔은 과거에 연연하기에 도저히 헤쳐나갈 수 없는 미래의 불안감이다. 즐거움과 기쁨, 만족감을 느끼는 그 마음 때문에 슬픔도 겪는다. 하나의 감정을 통해 기쁨과 슬픔을 경험한다. 그렇기에 슬픔을 회피하려면 즐거움이나 행복감 등에서도 포기해야 한다. 그것은 양쪽의 물지게를 지어야 발을 옮길 수 있는 균형이다. 그런데도 기쁨은 취하고 싶고, 슬픔은 회피하려는 것이 문제를 일으킨다.

본래부터 완전한 존재임에도 불구하고 욕망과 화를 일으키는 모순을 행하기 때문이다. 그 짧은 삶 동안에 휴식을 원하면서도 만족을 모른다. 슬픔이라는 물건 하나를 놓고 그것을 회피하기 위한 욕망의 추구는 종착역이 없다. 우리는 쉴 수가 없다. 지금 이 순간이라는 가장 중요한 순간이 과거와 미래에 의해 보이지 않기 때문이다.

△▽△▽△▽△▽△▽△▽△▽

기쁨, 행복, 즐거움 같은 긍정적인 감정보다는 번뇌, 슬픔, 억울함과 같은 부정적인 감정이 우리를 깨어나게 한다. 기쁨이나 행복감에는 취하고 젖어들기에 그것과 일체로써 존재하지만 슬픔, 불행 등에서는 벗어나려 하기 때문이다. 그렇기에 행복과 불행이라고 단정 지을 수 있는 실체가 없다는 것을 알아차릴 수 있는 때가 최고의 순간이다. 단지 우리가 깨어있기만 한다면.

다른 사람과는 같이 잘 수 없을 정도로 코를 심하게 고는 사람과 함께 사는 배우자가 있다. 하지만 배우자는 그 사람이 지방 출장이라도 가는 날에는 영락없이 잠을 못 자고 만다. 자장가가 들려오지 않기 때문이다.

조용한 것이 불행으로 변한 것이다. 이처럼 타인이 불행하다고 생각하더라도 본인은 행복으로 변하는 경우가 많다. 마음먹기에 따라 행복과 불행이 달라지듯 코 고는 소리가 편한 잠으로 이끌어준다.

동전의 양면처럼 함께 존재하는 행복과 불행이라는 것을 알면 마음의 집착에서 벗어날 수 있다. 마음의 집착으로부터 벗어난다는 것은 세상에서 가장 큰 최고의 선물을 얻은 것이다.

　우리를 슬프게 하는 원인이 무엇인지를 발견했을 때 비로소 해결책이 나타날 것이다. 빗방울이 어디로 스며드는지를 알아야 새는 지붕을 막을 수 있다. 섣불리 모든 문제를 해결하려 들지 말고 산에서 길을 잃은 사람이 자신이 걸어온 길과 주변을 꼼꼼하게 살피면서 산을 벗어나는 것처럼 둥근 원을 끝없이 달리고 있는 자신을 내려놓아야 한다. 오직 본인만이 그것을 할 수 있다.

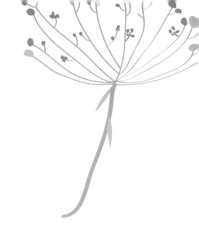

불을 통에 담아 돌리면 커다란 불원이 생겨난다. 실제로 불원이 있는 것은 아니지만 빠른 속도로 돌아가기 때문에 마음은 존재하는 실체로서 인식한다.

마찬가지로 세상이 필름을 통해 영화 속 인물들이 살아 움직이는 것처럼 보이는 탓으로 허상을 보면서도 기뻐하고 슬퍼하는 마음이 일어난다. 움직임의 현상을 통해 연출된 영상이지만 실제로 존재한다는 착각을 일으키는 것이다. 만약 낱장의 필름으로 본다면 기쁨과 슬픔에 빠져들지는 않을 것이다.

세상에 존재하는 현상 중에서 끊어짐 없이 스스로 활동하는 것은 하나도 없다. 바람이 불어온다 해도 저기에 있던 바람이 여기로 변해오는 것이다. 그럼에도 불구하고 우리들은 모든 현상계에서 낱장의 활동사진처럼 사이에 정지한 부분이 있음을 발견하지 못한다.

그렇기에 마음은 움직이는 현상을 그대로 받아들여 육신과 세상이 항상 변함없이 진실하다고 철석같이 믿게 된다. 즉 마음이 요동칠 준비를 끝낸 것이다. 영화 속 허상의 인물들이 살아 움직이는 듯한 착각에 마음이 빠져들었기 때문에 슬픔과 기쁨에 물들어 버리는 것이다.

마음이 움직이는 현상을 따라 요동치기 때문에 생각이란 본래 맑고 순수한 것이었으나, 과거의 기억을 통해 좋은 것은 애착하고 나쁜 것은 원망하는 생각의 덫을 만들었다. 검은 안경을 쓰고 바라보듯 자신이 만들어낸 덫에 걸려들었다. 그래서 생각하는 것이 아니라 생각의 덫을 일으키고 있다. 나와 내 것이라는 구분 지음을 통해 형성된 자아라는 그물에 걸려들어 옴짝달싹 못하고 생각의 부림을 당하며 살게 된다.

이처럼 도저히 떨쳐낼 수 없는 과거의 이미지로부터 보고 듣는 행위를 해결하기 위한 열쇠는 바로 지금 이 순간에 초점을 맞추는 것이다. 모든 현상이 변하고 사라지는 것은 계속 과거로 흘러가는 것이다. 그러나 지금 이 순간에 초점을 맞춘다는 의미는 매 순간 변하는 과정마다 변함없이 존재하는 실존을 바라본다는 것이다. 거기에는 늘 한결같은 모습만 있을 뿐 움직이고 변해감이 없다. 그러면 마음은 요동칠 무언가를 잃어버린다.

태생이 장님이라면 밝은 것이 무언지 모르기에 눈이 안 보인다는 사실에 답답함을 느끼지 못한다. 그래서 못 보는 것이 불편한 것이라는 사실을 알지 못한다. 무언가를 본다는 것이 어떤 것인지 알지 못하기 때문이다. 개는 네 발로 걷지만 불편함을 느끼지 못한다. 그러나 인간을 엎드려 걷게 한다면 고통스러울 것이다. 일어서서 걸어본 경험이 있기 때문이다.

　결국 어느 한 쪽을 처음부터 알지 못하면 행복과 불행의 의미가 사라져 버린다. 매사가 이런 식인데도 과거에 집착하여 좋고 나쁨을 분별하기에 고통의 늪에서 벗어날 길이 없다. 흑백 논리로 세상을 바라보기에 모든 것을 자기중심적으로 보고 듣는 것이다. 그래서 좋고 나쁜 것이 끝없이 나타나고 슬픔과 기쁨이 한없이 솟구치게 된다.

남보다는 내가 우선되어야 하고 슬픔보다는 기쁨에 취해 살아야 한다는 욕구 때문에 인간은 스스로 초라하고 볼품없는 존재로 전락시키고 있다. 그러나 아무리 자신의 생애를 화려하게 치장해 보아도 결국 노사(老死)의 그물을 벗어날 순 없다.

　산다는 것은 마음 하나 밝히라는 메시지에 불과할지도 모른다. 그만치 마음이란 세상의 모든 것들을 만들고 있다. 자신의 인격도, 자신이 접하는 세상도 마음이 가는 쪽으로 흘러가고 있다.

무수한 성자들이 마음을 항복받았고 그럼으로써 그들이 설한 언어가 인간이 걸어야 할 경전이 되었다. 그렇다면 마음이라는 물건을 어떻게 항복받을 수 있는지, 과연 그것을 어떻게 성취할 것인지가 관건일 것이다.

꿈은 꾸는 것이 아니라 꾸어지는 것이다. 마찬가지로 삶도 똑같이 우리에게 살려지고 있다. 현생이라는 연못에는 전생에 행한 생각과 말과 행동들이 달처럼 비처진다. 내생(來生) 역시 현생에서의 마음 쓴 모습들이 주변환경으로 나타날 것이다. 이것을 알아차린 사람들은 현생의 삶에 대하여 어떠한 의도를 지니지 않는다.

그러나 인간은 지금 보다 나아지려는 욕구가 본능처럼 존재한다. 의도를 지닌 마음을 통해 그것을 실현하고자 한다. 과거와 비교하면서 좋고 나쁨을 분별하고, 그에 따른 취사선택의 의지를 행하고 있다. 하고자 하는 바를 지녔다는 것은 욕망을 지닌 것이다. 뜻한 대로 세상이 움직이지 않으면 분노하고 원망하는 감정을 나타낸다. 이것이 고통의 삶이다.

의도하는 바가 없는 삶은 순수한 본성의 삶이다. 그것이 무위이고 행하는 바 없이 행하는 것이다. 현생은 전생의 그림자이기에 우리가 본래부터 그와 같은 삶을 살아야 하지만, 의지를 성취하려는 이상 중심의 삶을 살고 있다. 그렇기에 '무명의 존재'라는 닉네임이 붙은 것이다.

무위의 삶이 우리에게 본래부터 주어진 길인데, 좋고 나쁨을 비교하고 취사선택의 의지를 일으키며 살다 보니 제 갈 길 안 가고 꿈속을 전전하는 것이다.

자유롭기를 바라지만 우리는 이미 자유롭다. 행위자가 없기 때문이다. 그래서 고통도 없고, 고통의 원인도 없고, 고통을 멸할 것도 없으며, 고통을 멸하는 방법도 없다. 본래부터 무위인 까닭이다. 우리는 두 번의 잘못됨을 행하고 있다.

첫째, 본래가 무위인 줄 모르고 유위로써 내 마음을 삼은 것
둘째, 본래가 무위인 줄 모르고 다시 무위를 성취하고자 함이다.

이처럼 두 번씩 꼬이다 보니 정신이 혼미하여 마음의 채찍을 들고 고통 없는 무위를 성취하기 위한 길로 달려야 한다고 생각하고 있다. 그러한 생각도 또한 유위의 작용인 줄 모른다면 본래부터 무위였고, 세상이 끝나도 변치 않는 무위라는 것을 언제쯤에나 알아먹을 것인가. 아마도 유위의 채찍을 내려놓기 전까진 힘들 것이다.

자신을 치장하려 하고 인정받기를 꾀하는 마음의 습성은 밑 빠진 독에 물을 채우려는 것과 같다. 아무리 채워도 욕망은 끝없이 솟구친다. 결국 노사의 강물에 걸려들 수밖에 없다.

무작정 마음이 마음에 안 든다고 마음과 다투려고 한다면 갈등만 커지게 된다. 세상 사는 것도 힘들어 죽겠는데 게다가 마음까지 말을 안 듣고 속을 썩여대니 세상 참 살맛 안 나게 된다. 다른 건 몰라도 원망과 좌절, 억울함은 하루속히 잊어버리고 싶은데도 두고두고 따라다닌다.

즐겁던 경험은 번개처럼 사라져도 어찌된 영문인지 잊어버렸으면 하는 기억은 좀처럼 뇌리를 떠나지 않는다. 이것이 '노력역효과의 법칙'이다. 잊고 싶다는 의도가 다시 기억을 불러들이는 것이다. 마음은 이 법칙이 여지없이 적용된다.

마음을 사사건건 간섭하고 단속하려 들면 그와 같은 의도가 마음을 끝없이 요동치게 만든다. 마음 다스림이란 마음에 관심을 두지 않는 것이다. 마음을 다스리고 싶어 하는 마음조차 신경 쓰지 말아야 한다. 의도된 바가 있다면 마음은 그로 인해 살아 움직이게 된다.

마음이 과거의 허상적 개념이라는 것을 밝히는 것은 마음이 쓸모없다는 의미가 아니라 마음에 대한 관심을 떨쳐야 하기 때문이다. 우리에게는 마음에 관심을 두지 않을 만한 훌륭한 무기를 지니고 있다. 그것은 '지켜봄'이다.

마음은 고정된 것이 아니라 흘러 다닌다. 과거와 미래를 물결치듯 넘나들기에 잠시도 흐름을 멈추지 않는다. 그와 같은 흐름의 속성을 지닌 마음을 붙잡으려는 것은 밑 빠진 독에 물 붓기이다. 붙잡으려는 즉시 빠져 나가기 때문이다.

마음은 다만 지켜보기만 할 뿐 더 이상의 노력은 하지 말아야 한다. 차라리 그 노력으로 마음이 원치 않는 방향으로 흐르지 않도록 눈과 귀의 고삐를 쥐어야 한다. 보고 들음을 제한하는 것이다.

우리가 지켜봄을 놓칠 때마다 항아리의 깨진 부분은 점점 커지면서 결국 허무함의 먹이로 전락할 것이다. 그러나 자신의 내면을 지켜볼 때마다 깨진 부분은 점차 줄어든다. 마음이 양변을 따라 달리는 관념에 젖어버리면 남들이 뛰어가니 자신도 달리는 것처럼 존재의 본질과는 서로 어긋나게 된다.

내 마음에 들고 안 들고의 널뛰기를 하는 것은 마음이 보고 듣는 대상물을 쫓아 밖으로 흘러나가기 때문이다. 그로 인해 욕망과 화의 불길이 타오르는 것이다. 희로애락에 물들어 웃고 울면서 광대짓을 하며 살고 있는 것은 모두가 본성의 마음을 잃어버렸기 때문이다.

내 마음을 얼마나 객관적으로 읽을 수 있는가와, 세상과 타인을 읽어 나가는 힘은 비례한다. 이런 이유로 자신에게 만큼은 솔직하고 당당해야 한다. 자신을 있는 그대로 살필 때 거울에 얼굴을 비춰보듯 주변과 타인을 대하고 있는 자신의 말과 행동을 낱낱이 점검할 수 있을 것이다.

원숭이를 잡을 땐 야자열매 속을 파고 바나나를 넣어두면 된다고 한다. 원숭이는 야자열매 속에 든 바나나를 쥐고 손을 빼려 하지만 손이 빠지질 않아 결국 붙잡히는 것이다. 참 어리석다 여길지도 모르지만 원숭이로선 그만큼밖에 생각할 수 없을 것이다.

이것을 보면 어리석음과 욕심이란 서로 다른 개념이 아닌 듯하다. 장사가 잘되는 곳에는 분명 사람들이 들끓을 수 있는 환경이 제공되어 있다. 이와 마찬가지로 남을 위해 봉사할 수 있는 마음의 준비가 된 사람에게는 타인도 그 사람을 알아본다.

그러나 남을 항상 내 이득을 위한 이용 대상으로만 생각하고 있다면 그들도 역시 본인에게 마음을 닫고 상대할 것이다. 인간관계의 훈훈한 불씨가 얼마나 세상을 화목하게 만드는 비결인지는 말하지 않아도 알 것이다.

우리의 마음은 좋고 싫은 감정 때문에 생긴 부질없는 생각들로 가득 차 있다. 부질없는 생각들을 털어버리면 넉넉하고 자유롭게 살아갈 수 있다.

그러나 좀처럼 마음을 비우기가 쉽지 않다. 마음은 스프링과 같아 한 번 누르면 한 번 튀어 오른다. 마음을 정복하기 위해 자신을 얽어매고 나면 얽어맨 만큼 반대쪽을 향해 솟구쳐 오른다. 결국 마음의 습성인 생과 멸을 통해 마음은 여전히 살아 움직인다.

사물을 보면 눈을 감아도 영상을 떠올릴 수 있다. 이것을 표상작용이라 한다. 이 때문에 사물과 과거의 경험을 기억할 수 있는 것이다. 마음이 비록 과거와 미래의 개념으로 이루어진 허상이라 해도 마음에 영향을 받지 않을 수 없는 것은 훈습되면서 물들기 때문이다.

　우리가 접한 모든 것들은 하나도 빼놓지 않고 '수냐타'라는 의식의 저장 창고에 보관되어 있다. 아무리 오래 전에 본 영화라도 기억할 순 없지만 다시 보면 과거에 보았던 영화라는 것을 알 수 있다.

　이처럼 우리가 한 번이라도 접한 사물은 물처럼 흘려보낼 수는 없다. 반드시 잠재의식에 각인되기 때문에 눈이 본 사물을 인연하여 생각이 일어나고 그러한 생각들이 쌓여 마음이 나타난다. 이런 마음을 받아들여 고정된 자신의 견해를 만들고, 만들어진 견해를 따라서 생각이 일정한 방향을 선호하도록 하는 것을 '관념'이라고 한다. 생각이 관념화되면 굳어지고 틀이 잡혀, 자신의 견해와 같으면 애착하고 다르면 원망을 나타낸다.

　애착과 원망에서 비롯되는 행위를 '습관'이라 하고, 습관은 '업'이라고 불리는 고정된 마음의 길을 만들어 내므로 우리는 결국 스스로 만든 마음의 길을 따라 육신을 만들고 주변 환경을 조성하는 것이다. 마음이 있으므로 갈등과 혼란을 겪고 그것은 다시 고통으로 연결된다.

보고 듣는 것에 대하여 좋고 나쁜 느낌을 일으키면서 취하고 버리려는 의도가 생겨난 것을 '마음'이라고 한다. 마음은 자신의 의도와 같고 다름에 따라 애착과 원망을 드러냄으로써 그것의 결과인 업을 만든다. 즉 업이란 생각이 마음의 물길을 따라 흐르는 것이다. 그렇기에 한번 길을 들여놓으면 생각은 물길을 따라 자신이 원하는 방향으로만 흐를 것이다.

생각에 물길을 잡아놓는 것이 마음이다. 그러나 생각은 보고 들으면서 나타난 반응이기에 순순히 물길을 따라 흐르지 않는다. 그러므로 물길을 따라 흐르는 것은 욕망하고 물길에 어긋나는 것은 분노하게 된다. 만일 물길을 잡아 놓지 않았다면 욕망하고 분노할 일은 없겠지만 좋은 것에 대하여 애착하는 마음 때문에 물길이 잡혀 있다. 그러나 보고 들음에는 의지가 작용하지 않는다. 좋고 나쁨을 구별하지 않고 받아들이기 때문이다. 그래서 애착하는 바가 있다면 당연히 원망도 생겨난다.

애착과 원망을 일으키는 것은 눈과 귀가 사물을 받아들이면서 물길을 따라 흐르기를 바라는 의도가 있기 때문이다. 결국 욕심과 어리석음이란 보고 듣는 것에 대하여 물길을 잡으려는 것에서부터 비롯된 것이다. 이 물길은 내 입장과 형편에 맞추어 정해진다. 그래서 생각의 물길을 한 번 잡아놓으면 여간해서는 바뀌지 않는다.

보고 듣고 맛보고 느끼는 것이 생각이다. 우리가 '생각'을 '생각하는 모양'과 구별하지 않고 사용하지만 엄연히 다르다. 무언가를 생각한다는 것은 그것에 대한 모양과 언어를 떠올리는 것이다. 그것은 생각하는 것이지 생각이 아니다.

'생각'이란 생각을 일으킬 수 있는 재료를 의미한다. 눈에 사물이 비치고, 귀에 소리가 들려오고, 혀에 맛이 느껴지고 몸에 감촉이 느껴진 것이 생각이다. 그러한 생각을 통해 언어로써 이름과 용도를 기억하는 것이 '생각하는 것'이며 생각의 모양을 짓는 것이다. 그러므로 생각은 의지를 지니고 있지 않은데 반해서, 생각의 모양을 짓는 것은 생각의 언어와 의지가 개입된다.

마음이란 생각의 모양을 짓는 것이다. 그렇기에 생각을 물길에 따라 흘러가도록 하려는 뜻을 지니고 있다. 그것은 생각을 착각한 것이다. 내 육신의 눈과 귀를 통해 생각이 보고 들렸지만 그것은 내 것이라고 할 수 없다.

생각이 만일 내 것이라면 원치 않는 보고 들음은 보고 듣지 말아야 한다. 그러나 그렇지 못하고, 다시 좋고 나쁨의 물길을 잡아놓은 것은 생각에는 내 의지가 닿지 않기 때문이다. 우리가 마음이라고 부르는 물건은 내 것이 아닌 생각을 내 의지로써 잡고 싶어 하는 착각에서 비롯된 것이다.

마음을 단속하려면 눈과 귀와 혀 등의 감각기관이 원치 않는 생각을 나타내도록 하지 말아야 한다. 그러나 그것은 막지 않고, 이미 나타난 생각들과 다투려 하는 것은 그림자를 베려는 것과 같다. 이미 나타난 생각은 감각기관이라는 거울에 비친 영상처럼 존재한다. 그것을 문질러 없애려 하거나 내 의지대로 하려는 것은 불가능한 일이다. 생각과 마음의 속성을 알지 못하고 마음과 다투려는 것은 이미 벗어나 있는 과녁을 향해 화살을 쏘는 것과 같다.

만일 생각과 마음의 속성을 이해한 사람이라면 생각의 물길을 치울 것이다. 그것으로 인하여 생각을 틀 잡으려는 어리석은 시도를 행하고 있었음을 알았기 때문이다. 또한 마음을 다스리는 문제에 대하여 고민하지 않는다. 무엇인가를 바라는 물길을 치웠기에 마음을 문제 삼으려는 허망함도 생겨나지 않는 까닭이다.

상대방이 무엇을 원하고 있는지 한번 살펴보는 것이 쉽지 않은 것은 자신의 미래가 우선되기 때문이다. 미래의 꿈은 높은 곳을 향하므로 남들보다 우월한 자리를 차지하고 있다. 미래를 성취하기 위해서는 상대를 배려할 여유가 없다.

그러나 오로지 자신만을 위한 삶을 산다면 거듭 태어나 살아도 늘 아쉬운 생을 보내고 말 것이다. 자신만을 위한 이기심으로 초점이 맞춰진 사람은 진정한 행복을 느낄 수 없다. 진정한 행복이란 타인과 함께 나눌 수 있는 것이기 때문이다.

인색한 마음을 지녔다는 것은 자신을 너무 사랑한 결과이다. 자신을 너무 애착하다보면 주변의 울타리를 쌓게 되고 그로 인해 스스로 고립되는 신세를 면치 못한다. 인색하여 베풀 줄 모르는 사람을 좋아할 수 있는 사람은 아무도 없다. 왜냐하면 다른 사람들도 자신을 사랑하기는 마찬가지기 때문이다.

남을 돕는 것이 결국 자신을 돕는 것이다. 서로 주고받을 수 있는 관계를 이루면서 자신에게만 맞춰진 시야가 넓어지는 것이다. 이처럼 시야를 넓게 본다는 것은 아상 중심에서 벗어난다는 의미이다. 마음의 한계를 벗어나지 못하는 것은 과거를 떠올리며 미래를 짐작하기 때문이다. 그것이 마음의 속성이다. 과거 싫었던 경험은 되풀이 하지 않고, 좋았던 경험은 계속되길 바란다.

그런데 이러한 바람은 균형이 맞지 않는다. 좋고 나쁨이란 동떨어진 개념이 아니다. 좋고 나쁨이라고 할 수 있는 것은 실체가 없다. 좋은 것이 있으므로 나쁜 것을 알 수 있고 나쁜 것이 있으므로 좋은 것도 아는 것이다. 그 둘은 제각각 존재하는 것이 아니다.

개는 네발로 엎드려 다니기 때문에 물건을 쥐는 손의 기능이 사라졌다. 그러나 그들은 손이 없다고 해서 불편을 느끼지 못한다. 불편을 느끼게 할 만한 기억이 없기 때문이다. 당연히 손을 사용하던 과거의 좋았던 경험도 떠올릴 수 없다.

이처럼 좋고 나쁨이란 과거의 경험을 비추어야 비로소 등장하는 허상일 뿐이다. 그런데도 우리는 얼마나 오랜 동안을 허상에 묻혀 살아 왔는가. 얼마나 좋고 나쁜 것을 집착하며 지내 왔는가.

과거는 이미 지나갔고 미래는 아직 오지 않았다. 우리는 미래를 만날 수 없다. 항상 현재가 우리 앞에 놓여있는 까닭이다. 과거를 떠올리며 미래를 꿈꾸기에 바쁜 사람들은 앞에 놓인 현재를 짓밟는 것이다. 현재가 짓밟히고 있다면 미래 역시도 현재로 다가올 것이므로 짓밟히게 될 것이다. 자신의 어리석음을 지켜볼 수 있을 때 비로소 성숙한 의식을 지닐 수 있다.

남을 위해 봉사할 줄 모르고 베푸는 방법에 인색하다면 그것은 단지 어리

석음을 긁어모은 것이다.

지금 현재에 초점을 맞추려 한다면 주변과의 관계를 살펴야 한다. 우리가 마음을 착각으로부터 생겨난 것으로 규정하는 것은 천대받아야 할 물건이기에 그런 것이 아니다.

　마음과 육신과 세상은 서로 다른 무엇이 아니다. 함께 어울려 존재하는 것이다. 마음이 있기에 내 육신도 있고 세상도 존재한다. 만일 마음이 없다면 무엇으로 육신을 이끌어가며 세상을 어떻게 헤쳐갈 수 있겠는가.

　마음을 통해 육신이 세상에 적응하면서 사회와 더불어 공존할 수 있다. 그러나 내 마음에 너무 집착하면 타인과 세상을 소홀하게 여길 수 있다. 나와 내 것에 대한 집착이란 결국 자신을 고립시키고 만다. 내가 소중한 만큼 남들도 소중하게 여기는 육신이고 세상이다. 내가 이미 나인데 다시 나를 주장하면서 내 것의 소중함을 강조하는 것은 남의 것을 소홀히 여기는 것이다. 그것은 타인과 세상에 대하여 높은 담과 벽을 쌓게 된다. 타인을 위해 나를 양보할 수 있는 정신력이란 나와 내 것이 본래 없다는 이해를 통해서일 것이다.

본래 내가 없다는 사실을 깨달아야 모든 고통이 스스로 일으킨 환영이라는 것을 알 수 있다. 그렇기에 마음을 닦는다는 것은 나 없음의 비밀을 푸는 것이다. 나 없음의 비밀을 아는 것은, 있지도 않았던 마음의 벽을 허무는 것이다. 내가 본래 없다면 내가 받는 고통도 허상일 것이며, 내가 일으킨 집착도 환영에 불과할 것이다. 개체로써의 물방울은 사라지고 바다가 될 수 있다.

모든 것이 허무하고 무상함을 알기 위해 나란 존재를 부정하는 것은 아니다. 그것은 허무한 세상이라 생각하여 도피하려는 것에 지나지 않는다. 씨앗이 자신을 고집한다면 결국 씨앗의 한계를 극복하지 못해 썩고 말 것이다. 씨앗의 벽이 허물어져야 비로소 땅을 움트고 나오면서 새로운 세상을 맞게 된다.

　나란 존재가 본래 없음을 안다는 것은 나와 내 것이라는 생각의 모양을 짓고 있는 것을 부수기 위함이다. 새가 알을 깨고 나오듯 생각의 모양을 짓고 있는 벽을 허물지 못하면 누가 묶지 않았음에도 스스로 얽어매고 있는 것과 같다. '나'라는 생각이 이상을 만들고 있다. 이상의 울타리 속에서 세상을 바라본다면 세상은 언제든 높은 벽으로 둘러싸여 있다.

나타난 생각을 있는 그대로 관찰할 수 있을 때 맹목적인 행복과 불행, 자신을 고통에서 구원해 줄 진리에 연연하지 않게 된다. 왜냐하면 세상은 버릴 만한 것도 없지만 쥐고 있을 것도 없음을 알기 때문이다. 세상을 쥔 채로 놓을 수 있는 건 우리가 바로 세상인 까닭이다. 그래서 무한히 텅 빈, 그러면서도 한없이 충만한 절대적인 침묵의 생명에너지만이 넘실거리고 있을 뿐이다.

육조 혜능대사는 어느 날 갑자기 깨달음이 찾아왔다. 갑자기라고는 하지만 과거 오랜 생부터 그 길을 걸었을 것이다. 많은 사람들이 마음을 깨달았고 전해져 왔기에 그것을 믿을 수 있다. 우리가 죽어본 경험은 없어도 다른 사람을 통해 자신에게도 죽음이 있음을 아는 것과 같다. 깨달은 사람들의 말을 의지해서 우리는 그 길을 갈 수밖에 없다.

그런데 혜능대사만 해도 벌써 1300년 전의 일이고, 붓다는 2500년이며, 중국의 도인들도 1000년이라는 시간을 거슬러 올라가야 한다. 그 시기에는 블랙홀에 대한 개념도 없다. 깨달음을 표현하기는 해야 하는데 별 마땅한 소재가 없었을 것이다. 그래서 허공에 비유하고, 광채 나는 구슬이나 거울에 비유하여 그것을 표현했다.

그것을 누구나 지니고 있지만 가로막는 장애가 있기에 그것을 발견하지 못하는 것이다. 그러다보니 우리는 그것을 어떻게 받아들였냐면 허공을 가로막는 먹장구름이 있고, 구슬과 거울에 온갖 티끌이 달라붙어 작용을 일으키지 못하는 탓으로 이해하기 시작했다. 즉 무명이 생겨난 것이다. 무명이란 동쪽을 남쪽으로 착각하기에 일어나는 어리석음이다.

구름은 벗겨내야 하고 티끌은 닦아내야 한다. 부지런히 털고 닦는다면 언젠가는 맑아질 것이라 생각한다. 그러나 허공과 보배구슬이나 참성품의 거울은 절대적인 세계에서 존재하기에 변하거나 사라짐이 없다. 그 말은 곧 물들거나 오염될 수 없는 물건이라는 뜻이다. 그런데도 먹장구름으로 물들여 버렸고 온갖 티끌로 오염시켜 버렸다.

물들지 않는 것을 오염된 것이라 생각하면서 열심히 닦아내려 한다. 무명의 늪으로 빠져버린 것이다. 세상의 것들을 성취하기 위해서는 한눈 팔지 않고 꾸준히 노력한다면 이룰 수 있다. 그러나 마음을 닦는 것은 그렇지 않다. 그것은 본래부터 청정무구하다.

그렇기에 우리가 털고 닦으려는 어리석음의 걸레를 손에 쥐고 있는 한 결국 오지 않을 것이다. 무명의 늪에서 벗어나야 한다. 닦아낼 무언가가 있다거나 성취해야 할 무언가가 있다면 여전히 길을 잃고 방황할 것이다.

    절대적 세계란 블랙홀과 같다. 그것을 손에 쥐려고 한다면 우리는 침몰해 버릴 것이다. 그 곁으로 다가설 수도 없다. 아무것도 입증된 바가 없기에 그것을 짐작하거나 설명할 수도 없다. 블랙홀에 대한 생각조차도 빨려들 것이기에 생각할 필요도 없다. 단지 우리에게 주어진 일을 열심히 하면 그만이다.

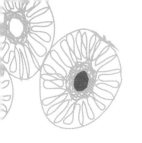

우리에게 주어진 일이란

오직 지금 이 순간을 축복하는 것이다.

4장

배움의 강물로 몸을 던져라

세상의 시킴에 난색을 표하지 않았고
살아있음의 보답으로 늘 깨어 있었기에
삶의 많은 표정을 읽을 수 있었다.

목적하는 일없이
배움의 끝없는 강물 속으로
예리한 칼날을 삶의 심장에 그었다.

제로의 균형을 유지하는 에너지가
양과 음의 거품을 뿜어내며
약을 먹으려 병에 걸리는 허망한 연출에 실소하며
비로소 그들과 한패가 되었다.

끊임없는 자기 탐구를 통하여 순간순간을 살아가는 사람은 행과 불행에 민감하게 반응하지 않는다. 모든 것에 대하여 마음을 열고 배움을 실천하는 사람은 어떤 상황에 처하더라도 이해하고 수용하는 자세를 보인다.

그때 삶은 새롭게 전개된다. 배운다는 것은 마치 깊은 바다 속으로 들어가는 것과 같아서 더 깊은 바다, 그리고 그보다 더욱 더 깊은 바다만이 존재할 뿐이다. 끝없는 과정만이 있으며 배움의 끝은 없다.

　남들보다 더 잘 살아야겠고 남들보다 더 앞서야 한다는 '경쟁의식'은 발전적인 면도 있지만, 내 삶을 올바르게 이끌지 못하는 가장 근원적인 문제가 되기도 한다.

지는 사람이 있기에 이기는 사람이 있을 수 있듯이 내가 입은 손해는 결국 다른 사람을 도울 것이란 사실을 알면 그다지 슬퍼하기만 할 일도 아니다.

매사를 그렇게 생각할 수 있다면 세상에 대해 커다란 불만을 품게 만드는 자신만 불행하다는 불공평한 느낌도 사라질 것이고, 살면서 조바심에 불안해하지도 않을 것이다.

무엇보다 우리에게 주어진 고통이 삶의 일부라는 것을 받아들여야 한다. 그러나 이 사실을 받아들이든 받아들이지 못하든 간에 인간이란 어쩔 수 없이 외로운 존재이다. 그런 까닭에 2가지 사실에 대해 깊은 성찰이 있어야만 한다.

첫째, 인간의 삶이란 덧없고 보잘 것 없다.
둘째, 자신에게는 무한한 가능성이 있다.

인간이 지니고 있는 무한한 가능성은 이처럼 짧은 생애 동안 자신의 삶을 변화시키기 충분하다.

우리가 태어난 것도 성장한 것도 목숨을 유지하는 것도 타인이 있기에 가능하다. 내 마음의 벽을 허물면 남들이 언제까지나 자신의 벽을 고집할 순 없을 것이다.

살아있는 모든 존재들은 실제로 하나하나 나뉘어져 있는 것이 아니다. TV나 오디오를 켜려면 리모컨을 사용하는데, 만일 리모컨이 제짝이 아니면 아무리 눌러도 작동을 하지 않는다.

만일 개개인이 서로 상관없는 존재들이라면 내가 무슨 말을 하든 어떤 행동을 하던 영향을 받지 못할 것이다. 그러나 그렇지 않다. 내가 하는 말과 행동을 따라 상대방은 움직인다. 그렇기에 살아있는 존재들이란 모두가 제짝이다. 그래서 남을 위하는 길이 궁극적으로는 자신을 위한 길로 통한다.

진정한 행복이란 나와 남이 함께 기뻐할 수 있을 때이다. 우리가 행복이라 부르는 것이 타인과의 비교로 매겨진 것이라면 불안한 행복감에 취해 있는 것이다. 불행이라는 것도 타인에 비해서 자신이 못나고 초라하다고 느낀다면 평생을 행복과 불행의 줄타기에서 전전긍긍해야 한다.

같은 생각, 같은 행동, 같은 목표를 지니고 있는 사람을 벗이라 부른다. 그러나 여러 사람이 식탁에 둘러앉아 나오는 다른 음식을 먹는다고 그를 적으로 취급할 순 없다. 마찬가지로 사상과 신념이 비록 다르더라도 목표하는 바가 같다면 그는 벗이다.

인간에게 가장 큰 분열을 초래한 신념과 사상의 문제라 해도 단순히 드러난 겉모습으로 판단을 내려선 안 된다. 남이 생각 없이 던지는 말이라도 주의 깊게 듣는 자세를 지녀야 한다.

우리가 존재하는 한 소홀히 넘겨야 할 아무것도 없음을 이해하는 자세가
배움을 실천하는 길이다.

배후를 알든 모르든 우리에게 나타나는 모든 현상이란 그럴 만한 이유가 있음으로 해서 존재한다. 삶의 질서에는 털끝만치의 오차도 허용하지 않는다.

그렇기 때문에 우리는 자신이 뿌린 씨를 자신이 거두어야 하는 업의 상속자이다. 억울함이란 알게 모르게 뿌려놓은 씨가 자란 것이다. 엄밀히 따지고 보면 억울함이나 분노를 느껴야 하는 일은 애당초 존재하지 않는다. 자신이 만든 빵을 자신이 먹으면서 투덜대는 것과 같기 때문이다. 우리를 통과하고 지나가는 사건들은 벌써 그들 스스로가 측량을 마친 상태이다.

우리는 하나같이 표면적인 의식보다는 잠재된 무의식이 커다란 영향을 미치고 있다. 그것을 불교에서는 업으로, 기독교에서는 원죄로 표현하고 있다. 그렇다면 윤회란 무엇인가? 이는 예를 들어 서울에서 부산까지 말을 타고 간다했을 때 중간 중간 힘들고 지친 말을 새롭고 원기왕성한 말로 갈아타는 것을 일컫는다. 이처럼 우리에게는 무의식적으로 방향 잡힌 목적지가 존재한다.

　자신이 당하는 억울함과 부당한 처사는 본인이 뿌린 씨를 거둘 뿐이라는 사실만 이해할 수 있어도 시야가 전체적인 안목으로 변하게 된다. 그런데도 억울함을 참고 인내하지 못한 것은 무수한 생의 순환과정을 이해하지 못하고 한쪽으로 치우친 편견을 지닌 어리석음의 결과다. 만일 전체적인 시각을 갖는다면 돈을 빌렸을 때 하룻밤 자고 났다고 해서 갚지 않을 수는 없는 노릇이다.

모든 존재는 세상을 통해 자신의 부족한 점을 메울 수 있도록 하기 위해 탄생되었다. 그런 까닭에 세상 어디에도 부적절한 처사가 없었음을 아는 것은 억울함을 묵묵히 참아냈을 때 드러나는 결과이다. 또한 억울함과 분노를 일으킬 원인을 제공하는 사람들은 잠들었던 우리의 의식을 깨어나도록 돕는 스승이기도 하다. 사실 우리의 의식은 억울함을 참아냈을 때 비로소 깨어나게 된다.

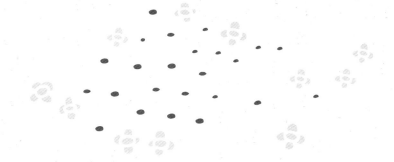

배움의 자세를 간직하고 살아가는 사람에게는 두려워할 그 무엇도 존재치 않는다. 그는 오히려 억울함을 통해 전체적인 안목을 열어준 모든 것에 대하여 감사하는 마음을 전할 것이다.

배운다는 것은 세상의 흐름에 몸을 맡겨야 배울 수 있다. 만일 그렇질 못하다면 세상에게 배우라고 강요함과 같다.

억울함을 통해 분노가 일어나는 과정을 배워야 한다. 분노란 대부분 독이 되지만 때에 따라서는 그만큼 신비한 영약도 없다. 잠든 의식을 깨어나게 하는 것은 매우 탁월한 효과를 지니고 있기 때문이다. 우리는 거래를 통해 살아간다. 즉 이만큼 주고 준 만큼 받으면서 살아가는데 때로는 그것을 벗어난 거래가 이루어진다.

은인을 만나 인생의 전환점을 맞이하거나, 원수를 만나 삶이 구겨진 종이처럼 휴지통으로 버려지기도 한다. 은인을 만난다면 말할 필요 없지만 원수를 만나면 삶의 기로에 서야 한다. 억울함이 일으키는 분노의 불길은 걷잡을 수 없이 번져나간다. 삶을 한 순간에 망가뜨릴 만큼 강렬하기에 잠든 의식을 깨울 수 있는 것이다.

그래서 삶은 이것저것 여러 가지가 있는 것이 아니라 억울함을 전해주는 원수에게 배운다. 그들을 어쩌면 최고의 스승이라 부를 수 있다. 우리가 준비되어 있다면 말이다.

5장

평등의 눈을 지녀라

번뇌를 끊음이 수행이라 하지만
참된 수행은 세상사 모두가
참 성품 아님이 없음을 깨닫는 것이니
미혹도 번뇌도 해탈도 열반도
참 성품에서 행하는 일이다.
무엇을 고쳐 다시 무엇을 구하려는가.

선과 악이 본래 다름없음을 알면
곳마다 참 성품 없는 곳 없으니
악이라 부를 수 없고,
선과 악이 다른 줄 알고
제하려 하면 참 성품 있고 없음이니
이를 선이라 할 수 없으리.

마음이란 현재의 상태를 벗어나려는 활동성이다. 더 좋고 훌륭한 것을 찾아 떠나는 여행이다. 그러나 결국은 자기 집 뜰에 핀 꽃이 눈에 띄는 것처럼, 아무리 좋은 것도 얼마간의 시간이 흐르면 싫증을 느끼고 무관심해지곤 한다. 수련으로 닦여지지 않은 마음은 높낮이가 큰 폭으로 움직인다. 바깥 경계와 대상을 따라서 요동치는 마음이 결코 바람직한 것은 아니다.

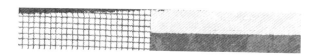

우리는 참으로 바쁘게 산다. 몸은 가만있어도 마음은 쉬지 않고 움직이기 때문이다. 심지어는 아무 할 일이 없어도 뭔가 할 일을 만들어내야 하기에 마음은 늘상 바쁘다. 우리가 만일 마음의 작용을 바로 살피지 못하면 제 꼬리를 물려고 빙글빙글 돌아가는 개처럼 바쁘기만 할 것이다.

종교에서 종 자는 마루 종(宗) 자를 쓴다. 그것은 근본, 근원을 가리킨다는 의미이다. 우리가 알아야 할 가장 근본적인 가르침은 인식하고 분별하고 판단하는 마음을 내 마음으로 잘못 알고 있다는 것이다. 그로 인해 첫 단추를 잘못 꿴 것처럼 모든 것이 잘못 돌아가고 있다.

정지된 기차에 타고 있더라도 마주 오는 기차가 지나간다면 아무리 정신을 차려도 자신이 뒤로 달린다는 착각에서 벗어나기란 쉽지 않다. 기차가 한없이 길다면 긴만큼 뒤로 달려야 한다. 정작 한걸음도 옮긴 적 없지만 계속해서 뒤로 달리기 때문에 앞으로 나아가야 한다는 생각을 지니고 있다. 이것이 마음의 작용이다.

몸은 비록 바쁘게 움직일지라도 마음은 유유자적할 수 있는 권리는 다른 누구로부터 얻어지는 것이 아니라 스스로 터득해야 한다.

무언가를 이루어야겠다는 의지보다는 끈질기게 마음을 관찰하고 행동을 읽어나가는 주의력이 필요하다. 부정적인 마음이 가져오는 결과를 곰곰이 생각해보면서 어떤 의도로 부정적인 성향이 자리를 잡게 되었는지 과거를 거슬러 살펴보아야 한다. 주시자의 지켜보는 눈들이 많은 환한 대낮에는 도적들이 설치기가 쉽지 않듯이 내면을 주시하다 보면 부정적인 성향도 점차로 누그러든다.

✳✳✳✳✳✳✳✳✳✳✳✳✳✳✳
✳✳✳✳✳✳✳✳✳✳✳✳✳✳✳
✳✳✳✳✳✳✳✳✳✳✳✳✳✳✳

북쪽을 남쪽으로 알고 가는 사람이 본래부터 미혹해서 북쪽을 남쪽으로 알고 가는 것이 아니다. 미혹이란 단지 북쪽을 남쪽으로 아는 것이기에 원인이 없다. 미혹의 원인이 없기에 미혹을 소멸시킬 방법도 존재하지 않는다. 다만 자신이 북쪽을 남쪽으로 알고 간다는 것을 깨닫기 전에는 아무리 다른 사람이 이야기해도 자신이 북쪽을 남쪽으로 굳게 믿는다면 미혹은 떨칠 수 없다.

　그렇기에 미혹이란 '어리석다'는 의미이기도 하지만, 총명하다고 해서 미혹에 빠지지 않는 것은 아니다. 북쪽을 남쪽인줄 알기에 미혹에 빠진 사람이나, 사물의 그림자로 일어난 생각의 반응을 자신의 마음인 줄 알고 무명에 빠진 사람이나 차이는 없다. 착각했기에 무명에 빠져든 것이다. 그런데 인간은 누구나 할 것 없이 무명에 빠져있다. 욕망과 화라는 고통의 굴레에서 벗어나지 못하기 때문이다.

　미혹과 무명이란 자신이 잘못 아는 탓으로 빠져들었기에 아무리 옆에서 잘못된 길이라고 일러주어도 자신이 옳다고 고집한다면 거기서 빠져나올 방법이 없다. 그러나 문득 자신이 잘못된 길에서 방황하고 있었음을 깨닫는다면 그 즉시 미혹과 무명을 벗어날 수 있다. 차츰 벗어나는 것이 아니라 그 순간 벗어나기에 잠에서 단박에 깨는 것과 같다.

마음을 한곳에 집중하는 힘이 생겨나면 산만한 마음의 상태에서도 항상 무언가가 주의를 기울이고 있음을 발견하게 된다. 그렇기에 마음이 분주하고 산만한 상태라도 본인이 산만하다는 것을 느낄 수 있다. 그와 같은 것이 주의력이며, 주의력이 생기면 굳이 시간을 따로 내서 마음을 집중하지 않아도 마음이 제멋대로 흐트러지지는 못한다. 지켜보는 눈이 등장했기 때문이다.

　플러스와 마이너스의 합이 항상 제로라는 존재계의 법칙이 바로 불이(不二)법이다. 우리에게 다가오는 행복과 불행, 사랑과 미움, 밤과 낮, 기쁨과 슬픔 등을 아무리 한쪽만을 고집한다 해도 쉽사리 성취할 수 있는 문제가 아니다. 이것을 이해하는 것이 명상의 시작이다.

방 안에 사람이 있어야 창문을 열고 밖을 볼 수 있다. 만일 방 안에 사람이 없다면 창문이 열려도 밖을 보지 못한다. 눈, 귀, 코, 혀, 몸 등의 감각기관은 창문과 같다. 창문이 스스로 보고 들을 수는 없다. 그렇다면 죽음이라는 현상이 필요치 않다. 죽은 뒤에도 육신이 스스로 보고 듣고 말한다면 무엇을 죽음이라고 할 것인가.

눈은 사물을 비추고 귀는 소리를 듣는다. 혀는 맛을 느끼고 피부는 감촉을 느낀다. 눈을 감으면 못 본다고 생각하지만, 보고 듣고 느끼는 것은 의지 작용과는 관계가 없다. 감은 눈을 벌리면 사물을 비추고, 귀로는 듣기 싫은 소리도 들려온다. 눈을 감아도 눈꺼풀 뒷면을 바라보고 있으며, 귀는 소리가 있든 없든 항상 듣고 있기에 소리 없는 침묵도 들을 수 있다. 몸에 촉감을 느끼는 것도 마찬가지이다. 무언가 닿았다는 것을 안다는 것은 그 이전부터 닿았던 게 없음을 느낀다는 말이다. 그러한 성품은 늘 깨어있는 상태로 존재한다. 이것이 전적인 앎이며, 방 안의 사람이다.

손으로 코를 만지면, 손도 알고 코도 아는 것은 육신의 전체로 깨어있는 성품이 낱낱이 퍼져있기 때문이다. 다리를 다쳐 신경이 죽게 되면 살아있는 세포까지 잠식되므로 다리를 잘라내야 한다. 곧 육신으로 성품이 퍼져있는 것이 아니라, 육신 자체가 깨어있는 성품이라는 의미다.

말하고 생각하며 행동하는 것은 모두가 성품에서 비롯되어 행해진다. 그러나 눈과 귀로 보고 듣기 때문에 육신이 생각의 주체라고 여긴다. 육신이란 성품을 감싸고 있는 옷에 불과하다. 육신은 물질이라 생각을 일으키지 못한다. 육신의 옷을 걸치고 있는 성품이 생각과 마음의 주체이다.

방 안의 사람이 있어야 창문을 통해 밖을 보듯이 육신을 걸치고 있는 방 안의 사람을 알지 못하므로, 마음으로 보고 듣는 것은 육신의 감각기관으로 일으킨 것이기에 육신의 눈과 귀로 행해진다고 생각한다. 창문이 밖을 본다는 것처럼 전도된 망상이기에 좋고 나쁨을 따라 흘러나간 마음 때문에 굴곡을 겪는다.

방 안의 사람과 늘 함께하면서도 걸친 옷인 육신만 들여다보느라 서로 알지 못하고, 항상 같이 다녀도 생면부지다. 옷을 바꿔 입는다고 사람까지 변하는 것이 아니듯, 비록 육신은 달리 걸쳤지만 방 안의 사람은 모두가 서로 다를 바 없다.

마음은 언어로 이루어졌기에 이것과 저것이 달라야 한다. 있음과 없음의 법을 지니고 있기 때문이다. 본성의 마음을 얻고 구하려는 것은 있음과 없음의 법을 초월하여 존재하는 의미를 이해하지 못한 것이다.

성품은 스크린처럼 변함없이 존재하기에 영상과 같은 온갖 변화된 마음이 나타날 수 있다. 스크린에서 영상만을 떼어낼 수 없듯이 성품은 마음과 늘 함께하기에 나눌 수 없고 다르지 않다. 그러면서도 스크린은 영상에 의해 물들지 않기에 하나로 합칠 수 없으니 같음도 아니다.

그러나 마음은 성품과 마음을 구별하려 한다. 마음으로 성품을 헤아리고 짐작하는 것은 스크린에서 영상만을 분리시키려는 것과 같다. 무엇이 잘못 돌아가고 있으며, 어디서부터 뒤집어졌는지를 감 잡지 못한 까닭에 작위적인 마음으로 마음을 정복하기란 모래를 삶아 밥을 만들려는 것처럼 불가능하다. 영상이 스크린과 별개의 존재라는 미혹함에 빠져 여전히 주인 노릇을 하려고 들기 때문이다.

마음이 일으키는 의도를 쉴 수 있는 것은 인간은 과거 결과로써의 존재임

을 이해하기 때문이다. 무위는 삶의 인도를 받기에 마음을 일으켜 생각을
움직이려는 망념에 사로잡히지 않는다. 속이 빈 피리는 세상의 흐름 속에서
조화로운 음률을 연주한다.

과거나 미래에 연연하는 것은 지금 현재를 소홀히 여기는 것이다. 미래를
꿈꾸는 망상에 사로잡힘은 방 안의 사람을 모르는 까닭이며, 고통을 멀리하
고 그 자리에 행복이 넘쳐나기를 바라는 것은 육신에 붙잡혀 살다보니 주인
공을 잃어버린 연고다.

지금 이 순간을 목적으로 존재하며 늘 변함없이 깨어있고 현재를 충실하
게 맞이하는 것은 방 안의 사람에 대하여 눈을 뜬 것이다. 방 안의 사람이
살아가는 것 이외에 더 나은 삶의 방식을 찾고자 한다면 머리 위에 또 다른
머리를 얹고 다님과 같아서 갈등과 혼란으로 이어짐은 필연적 결과이다.

전적인 앎은 어떤 것에 대해서도 차별을 일으키지 않으며 평등하다. 만일 전적인 앎이 좋고 싫음을 차별한다면 악취나 맛없는 것, 보기 싫고 듣기 싫은 것들에 대해서는 아예 동작되지 않을 수도 있다.

그러나 전적인 앎은 어느 것도 차별하지 않으며 태양이 골고루 빛을 나누듯 평등함을 지니고 있다. 전적인 앎이 우리들 몸 전체로 퍼져있으며 눈과 귀 등의 감각기관을 통해 항상 끊어짐 없이 빛을 내뿜는다.

우리가 전적인 앎을 잠시도 쉬지 않고 행하면서도 그것의 존재를 이해하지 못하는 것은 과거를 기억하여 이것과 저것을 비교하면서 미래를 꿈꾸기 때문이다. 마음은 저장된 이미지를 떠올려 그것과 맞으면 욕망하고 안 맞으면 분노를 일으킨다.

실존이란 지금 현재 여기에서 존재하는 것을 말한다. 우리가 전적인 앎에 대하여 알지 못한다면 과거를 떠올리고 미래를 꿈꾸는 것에 대해서만 관심을 가질 것이다.

미래를 꿈꾸는 것은 희망을 지닌 것이다. 희망이 나쁜 것은 아니지만 고통을 회피하려는 의도를 지니고 있다면 올바른 마음가짐은 아닐 것이다. 막연히 고통을 두려워할 필요는 없다. 고통을 마주 대하면서 무엇 때문에 고통을 두려워하는지를 살펴볼 용기가 고통을 벗어나게 하는 원동력인지도 모른다.

삶의 문제를 이해하기 위해서는 고통을 살피지 않고는 불가능하다. 그만치 우리는 고통에 대하여 민감하게 반응하고 있다. 행복을 추구하는 것도 고통을 마주하고 싶지 않아서일 것이다. 고통을 벗어나려 하고 행복을 꿈꾸는 것은 인간으로서의 당연한 본능이다.

우리는 평생 행복을 좇는다. 그러한 바람을 성취하기 위해서는 우리가 행복을 맞이할 수 있는 것은 오직 지금 이 순간뿐이라는 사실을 이해해야 한다. 내일을 기다려도 내일이 오면 오늘로 변해있다. 어제나 내일이란 이미 떠난 버스이며, 가도 가도 만날 수 없는 지평선과 같다. 그처럼 만날 수 없는 꿈을 지녔다면 행복의 바람이란 단지 꿈으로만 끝날 것이다.

모기에 물렸더라도 긁지 않으면 잠시 후에는 가라앉는다. 모기가 물린 곳을 긁으면 당장은 시원할 것이다. 그러나 시원한 만큼 아픔도 따라붙는다. 시원하기 위해서는 아픔도 감수해야 하는데 시원하기만 하고 아픔을 감수하려 들지 않으므로 문제가 나타난 것이다.

그것은 도저히 이룰 수 없는 희망에 불과하다. 이룰 수 없는 꿈을 꾸는 것은 어리석다. 당장 시원하고 싶은 탓으로 잠시를 기다리는 인내가 없기에 주변이 수많은 고통으로 난무하고 갈등으로 혼란스러운 것인지도 모른다. 시원하려면 아픔을 겪어야 하고, 아픔을 겪지 않으려면 시원함을 참아야 하는 이치에 눈뜨지 못한 까닭이다. 미래를 꿈꾸는 희망이 어리석다는 것은 이런 이유에서다.

키 작은 사람이 있어 자신이 키가 크다는 것을 안다. 전부 키가 똑같다면 키가 작고 크다는 것의 개념이 없다. 불행을 알지 못하면 행복을 느낄 수 없다. 불행을 외면해서는 결코 행복에 이룰 수 없다.

행복과 불행이라는 실체가 없음을 아는 것이 진정한 행복이다. 행복과 불행의 실체가 정해져 있다면 행복을 느낀 것에 대해서는 시간이 흘러도 변치 말아야 한다. 그런데 시시각각 변하고 있다.

어제는 소유한 자동차로 인하여 행복을 느꼈지만 오늘은 더 멋진 차를 보고는 마음이 상해버렸다. 자신의 자동차가 보잘것없어진다. 다른 차를 꿈꾸면서 행복이 불행으로 변한 것이다.

이처럼 행복과 고통은 마음먹기에 좌우되고 있다. 행복의 실체가 있다면 언제든 달라지지 말아야 한다. 개념상의 존재일 뿐이기에 변해가는 것이 고통을 만들고 있다. 불행에서 행복으로 변하면 시원함을 느낀다. 그러나 행복에서 불행으로 변하면 견딜 수 없는 아픔을 겪게 된다. 그것은 시원함을 느끼던 것보다 훨씬 참담하다.

세상의 모든 것들은 늘 변하기 때문에 막연히 고통을 두려워할 수는 없다. 결국 세상은 변해가는 고통의 늪이 될 것이다. 고통을 마주 볼 수 있어야 한다. 고통을 마주 보면서 행복과 불행의 실체가 없음을 깨달아야 한다. 그것은 누구라도 빼앗아 갈 수 없는 진정한 행복이다.

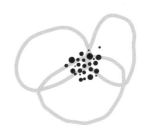

물속에서 폐에 공기가 들어가면 몸이 뜨고 공기가 빠져나가면 몸이 가라 앉는다. 하지만 공기를 적당히 조절하면 몸이 정지된 상태로 있게 된다. 그래서 잠수부들은 바다 속에서 사진을 찍을 수도 있다.

우리들 마음도 이와 같은 정지 상태를 만들 수 있다. 기쁨과 슬픔을 쫓아 오르락내리락하지 않는 상태가 가능하다. 그 상태에 머물게 되면 마음이 고정되어 있으므로 기쁨과 슬픔이 굴곡을 따라 움직인다는 것을 발견한다. 자체의 사이클을 지니고 있는 것이다. 그들은 바람처럼 불어오고 바람처럼 사라진다. 하지만 그러한 속성을 알지 못하기에 혼이 빠질 정도로 행복과 고통 없음의 뒤를 따라다닌다.

마음을 고정된 정지 상태로 머물게 하려면 자신의 좋고 나쁨을 가늠하려는 습성에 치우치면 안 된다. 결코 그러한 것에 영향을 받지 않겠다는 마음가짐을 통해 행복과 불행을 던져놓고 바라볼 수 있어야 한다. 고통을 일으키는 번뇌를 문질러 없애려 한다면 없어지지도 않을 뿐더러 마음을 고정시킨 정지 상태를 이룰 수도 없다.

허망함과 공함에 대하여

아주 오래 전에

그가 쥐어준 떡 하나를

먹고자 했으나 그럴수록 야위어 갔다.

내가 말했다.

얼마나 보기 싫었으면

먹지도 못하는 떡으로 헛물만 켜면서 세월을 보내게 했냐고.

그가 말했다.

본래 그렇게 생겨먹은 떡을 먹으려 한 것이 잘못이지

쥐어줌을 탓할 수 없지 않은가.

일순간에 아차 싶었고

허망한 분별도 함께 떨어졌다.

밤은 밤이고 낮은 역시 낮이다.

이제 떡은 거기에 없다.

사방 천지에 떡 아님이 없어서 그렇다.

성장하고 늙어가면서 모든 것들은 퇴색되어 점차 빛을 잃어간다. 그리고 는 마침내 힘없이 떨어지는 낙엽처럼 모든 것들과의 결별을 경험한다.

그런데 이듬해 봄이면 낙엽이 떨어진 그 자리에서 새로운 잎이 돋아난다. 허망함은 사라졌고 진실함이 나타났다. 이와 같이 허망함과 진실함이 번갈 아 교체하면서 나무는 나뭇잎들을 떨쳐내고 새로운 잎을 피어나게 한다. 피 고 지는 나뭇잎 입장에서 본다면 허망함도 있고 진실함도 있다. 그러나 나 무의 입장에서 보면 나뭇잎이 영영 사라진 것도 아니고 영원히 생긴 것도 아니다. 그들은 단지 순환되어질 뿐이다.

인간에게는 수명이라는 정해진 시간이 있고 의욕적으로 일할 수 있는 시기가 있다. 그 기회를 놓치면 남들보다 뒤처질 수밖에 없다고 생각하기에 마음이 바쁘다. 어찌 보면 인간은 책상 위에 놓인 생활계획표대로 움직여야 하는 존재라는 생각도 든다. 인간이 이리저리 빠르게 움직인다는 차이만 빼면 나무가 성장하고 열매를 맺고 결실을 거두고 씨를 퍼트리면서 사라져가는 모습과 비슷하다.

먹장구름이 덮인 하늘처럼 과거의 이미지가 마음으로 변하여 우리를 덮어버렸기에 존재의 축복이란 가슴 벅찬 환희도 강 건너 불구경이다. 도심에 살다보면 밤하늘의 별 한번 쳐다보기가 쉽질 않다. 낭만을 잃어버린 감성은 어스름 황혼에 물드는 노을도 마음을 설레게 만들지 못한다.

무엇이 삶을 권태롭게 만들어 신비를 잃어버리고 아직 오지도 않은 미래를 향해 내달리느라 지금 현재를 살펴볼 여력조차 없게 되었는가.

나는 알아야 하고 그래서 인정받아야 한다는 지식의 알음알이가 무거운 짐처럼 어깨를 누르고 있다. 오지도 않은 미래를 향해 달리려는 습성은 자신을 타인으로부터 고립시키고 단절된 벽을 만드는 행위이다. 한번 고립되기 시작하면 마음은 더욱 높은 벽을 쌓도록 강요한다. 고립될수록 마음은 대화의 벽을 닫고 폐쇄된 채 어떤 무엇으로라도 자신을 가득 채워야 한다.

　지식과 온갖 정보로 가득 찰수록 우리의 정신은 무겁고 혼미해진다. 컵은 비어 있어야 쓸모가 있는 것처럼 새롭고 신선한 아침을 맞이하듯 맑고 깨끗한 삶을 살아가고자 하지만, 지식에서 자유롭지 못하다면 그러한 바람은 단지 희망사항에 불과하다.

참으로 평화롭고 마음이 넉넉한 사람은 자신이 평화롭다는 사실조차 관심이 없다. 그는 만족을 바라지 않는다. 부드럽고 생기에 넘쳐흐르고 축복에 쌓여 있다. 그 사람의 곁에는 평온한 기운이 깃들어 있기에 조바심이 사라지고 여유가 생긴다. 그 사람 때문에 주위 사람들이나 주변의 모든 사물은 환한 빛을 띠며 평화로움 속에 함께 젖어 들게 되는 것이다.

그러나 만약 자신이 평화롭다는 사실을 알려야 한다면 그의 평화는 잠시 후면 사라질 환영에 불과하다. 즉 과거의 이미지라는 물건으로 인하여 자신과 주위를 소란케 만드는 근본적인 요인이 된다. 과거의 이미지를 손에서 놓지 못하는 것은 자신의 가치를 타인이 매긴 점수로 평가하고 있었음을 의미한다.

자신의 이미지를 훼손당하면 남들의 비웃음과 경멸을 당하지 않을까 하는 수치심으로 어떻게 해서라도 지켜내려고 한다. 이것은 타인의 보는 눈이 없다면 자신의 무질서와 혼란도 개의치 않는다는 의미가 된다. 그렇기에 과거의 이미지라는 물건은 자신의 내면을 잃어버린 마음이며, 그로 인하여 갈피를 잡지 못하고 소란스러운 갈등으로 번져가는 것이다.

아무리 목 타는 갈증을 느껴도 바닷물을 먹어선 안 된다. 잠시 갈증을 식힐 순 있지만 그로 인해 더욱 갈증을 느끼게 되고 결국 불순물을 걸러내는 신장이 망가져 버린다. 우리가 아무리 삶의 갈증에 목말라 있어도 쾌락적인 욕망에 마음이 걸린다면 그것은 바닷물을 마시는 것과 같다.

6장

세상을 빈 것으로 보라

만년씩 만 번을 살아도
어둠을 머리에 이고 부족한 삶
너는 쉬지 못하고 나는 멈추지 못한다.

내리쬐는 태양의 열기로
녹아내린 양초처럼 흐물거리는 삶
수척해진 생의 한 가운데로
깃발을 높이 꽂아도 바람 한 점 일지 않는다.

물처럼 세월을 흘려보내도
세상을 빈 것으로 보지 못해
여전히 그대는 굳게 잠긴 빗장
빠른 걸음으로 나아가도 간 만큼 멀어지는 그대

완성에의 유혹이 불완성의 증표
노사(老死)의 강물조차 멈추도록
세상을 빈 것으로 보라.

마음의 소란을 잠재우는 방법을 명상이라고 말한다. 어두울 명(冥) 자를 사용한 것은 눈을 감고 고요한 생각에 잠긴다는 말이다. 그러나 어떤 의미에서 명상은 반쯤 감은 눈으로 세상을 바라보는 것이기도 하다. 눈을 감으면 세상이 보이질 않으니 맹인이 될 것이고, 눈을 크게 뜨고 바라보면 세상일에 물들다보니 택한 것이 반쯤 감은 듯 바라본다는 의미이다.

반쯤 감은 눈이란, 마치 육교 위에서 달리는 자동차를 바라보듯 객관적인 입장에서 자신의 삶과 자신의 입장에 선 모든 것을 관찰하는 것을 일컫는다. 그렇기에 세상에도 젖지 않고, 나라는 아상에도 물들지 않으려면 세상일에는 반쯤 감은 듯한 눈으로 바라보는 것이다.

정신 수련이란, 성공과 실패에 흔들리지 않는 마음을 간직하는 것이다. 우리의 마음은 대단히 산만하다. 일이 조금 잘 풀리면 세상을 전부 얻을 것 같고 조금 틀어지면 실의에 빠져 풀이 죽기 마련이다. 정신 수련을 통한 선정(禪定)의 상태로 들어서면 마음의 높낮이가 일정하게 움직이는 것을 느낄 수 있다.

마음을 수련한다는 의미가 지니고 있는 것은 마음의 속성을 이해한다는 것이다. 어떤 경계를 만나도 요동치는 마음의 고삐를 쥐는 것이다. 그러기 위해서는 마음이라고 잘못 알고 있는 것을 바로 잡아야 한다. 흙 묻은 얼굴을 거울에 비쳤을 때 아무리 거울을 닦아본들 얼굴이 깨끗해질 수는 없다.

행과 불행은 서로 교차하면서 우리를 통과하기에 언제까지나 행복할 수 없고 그렇다고 불행할 수만도 없다. 그것은 행과 불행에 의해 정복당하지 않는 무언가가 있다는 의미이다. 만일 우리가 육교 위에 서 있다면 스쳐가는 세상일에 그다지 얽매일 필요는 없을 것이다. 그들은 손님처럼 지나쳐 갈 뿐이다.

초점을 이 순간에 맞추지 못하고 지난 과거의 슬픔으로 잠겨 있는 사람의 얼굴은, 행복하지 못하다는 생각을 통해 불행해지는 어리석음 때문에 늘 어두운 구석을 지니고 있다.

현재를 충실히 살아가는 사람들은 과거와 미래에 대하여 연연하지 않는다. 오직 지금 해야 할 일에만 전념하기 때문에 그들은 걱정 근심이 없으며 맑고 향기롭다. 우리가 맞이하는 것은 지금 이 순간뿐이다.

허공에 구름이 오가지만 허공은 구름을 끌어내거나 밀어내지 않는다. 허공과 같은 전적인 앎은 선과 악, 행과 불행에 무심하다. 그래서 기쁨과 슬픔에 물들지 않는다.

마음이 전적인 앎으로 접근하기 위해서는 분별하고 인식하는 작용의 모든 것이 유리병이나 화면 속에서 행해지고 있음을 알아차려야 한다. 육교 위에서 달리는 자동차를 바라보듯 초연히 바라본다면 우리가 심혈을 기울여 찾고 매달려 온 모든 것이 결국 마음이 만들어 낸 환상임을 깨닫게 될 것이다.

그러나 이 같은 원리를 무시하고 마음을 직접 상대하여 정복하려 한다면 그것은 불가능할 것이다. 만일 번뇌나 고통들이 없었다면 인간은 높고 신성한 지혜의 성취도, 완성된 진리로 거듭나고자 하는 각오도 꿈꿀 수 없을 것이다. 이 사실을 안다면 우리를 주눅 들게 만들던 번뇌나 고통 같은 것들이 결코 무찔러 없앨 적이 아니라 훌륭한 벗이라는 것을 깨닫게 한다. 이처럼 적과 벗이라는 2가지 입장에서 벗어난다면 기뻐할 것이 없고 기쁨을 느끼는 자도 없는 본래적 기쁨으로 충만하게 된다.

집착한다는 것은 문제를 불러들인다는 의미인데, 다른 한편에서는 문제에서 벗어나야 한다는 집착으로 이어진다. 집착이 집착의 꼬리를 무는 악순환이 시작되는 것이다. 이런 과정 때문에 인간은 혼란과 갈등을 맞게 된다. 그런데 주의 깊게 살펴보면 집착과 욕망에 대한 만족감을 상대나 사물이 채워 주는 것으로 알고 있지만 실은 그렇지 않다. 상대나 사물은 단지 본인의 만족감을 끌어내기 위한 수단에 불과하다.

아무리 좋은 음식과 안락한 환경도 얼마 지나지 않으면 별 만족을 느끼지 못한다. 그러나 시장기를 느끼거나 피곤할 때는 어떤 음식이나 환경도 대단히 훌륭한 것이 된다. 이처럼 모든 욕망과 집착의 궁극적인 목표는 바로 자신인데, 이미 자신에게는 모든 것이 구비되어 있다. 이처럼 집착이란, 상대나 사물이 만족감을 주는 것으로 착각하기에 문제를 정확히 파악하지 못하여 일어나는 어리석음이다.

우리가 살고 있는 현실이 바로 고통의 근원지이다. 그래서 고통을 벗어나고자 노력하는 행위는 물고기가 물을 벗어나려는 몸부림에 지나지 않을지도 모른다. 어찌 보면 이룰 수 없는 희망을 품고 사는 지도 모른다. 물고기는 물을 떠나 살 수 없기 때문이다.

그러나 바로 여기에 문제를 해결할 수 있는 실마리가 주어져 있다. 괴로움에 처한 현실과 괴로움을 극복하기 위한 희망은 상대적인 개념이다. 즉 고통과 희망은 서로 반대편에서 마주 보고 있다.

흙탕물 속에는 맑은 물이 이미 존재한다. 그와 같은 이치를 알지 못하고 흙탕물과 맑은 물이 제각각 존재한다고 생각한다면 맑은 물을 얻기 위해서 흙탕물을 계속 비워야 한다. 그러나 비워야겠다는 마음 때문에 맑은 물이 흙탕물로 변하고 있음을 알지 못한다.

바다는 깨끗한 것도 받아들이고 더러운 것도 받아들인다. 이것은 깨끗하고 저것은 더럽다고 분별하여 끌어안거나 밀어내지 않는다. 우리도 마음을 바다처럼 가져야 한다. 좋고 나쁜 것에 애착하거나 원망하는 마음을 내지 말고 그 마음을 바다처럼 포용할 수 있어야 한다.

단지 무엇 때문에 고통을 떨치려고 안간힘을 쓰는가를 관찰해야 한다. 만일 하나의 고통을 극복하고 난 후에도 여전히 떨쳐낼 다른 고통을 찾아 나선다면 주어진 고통이 문제가 아니라 떨쳐내려는 그 마음이 문제를 일으키는 주범이다. 본인 스스로가 고통의 굴레를 맴돌고 있으면서도 그것을 알지 못하고 고통이 없기만을 바란다면 그것은 영원토록 불가능한 일이다.

7장

관계의 거울을 살펴라

남 생각 한 번 해보지 못하고
훌쩍 넘겨버린 세월
내 형편 아쉬운 것이 먼저 떠오르니
내 한 몸 추스르기도 힘겹다.

관계의 거울을 살피지 못해
주어진 모든 것이 불편한 삶
마음만 앞설 뿐 제자리를 맴돌고
갈 곳을 훑어보아도 마땅치 않다.

관계의 거울을 비추지 못해
마음 터놓고 지낼 사람 없는
통 속을 벗어나지 못하는 나의 다람쥐

세상을 향해 한 걸음 다가서면
세상도 나를 향해 한 걸음 다가오는
관계의 거울이 세상을 비추고 있다.

사람은 통이 둘 달린 물지게를 진 것처럼 잘한 것은 분명히 알 수 있지만 잘못한 것에 대해서는 쉽게 알아차릴 수 없다. 그렇기에 내가 행한 모두를 한꺼번에 살필 수 있는 것은 상대가 나를 대하는 태도다. 상대방이 원하는 것을 전부 해줄 수는 없지만 최소한 알려고 노력하는 자세는 상대의 마음을 열게 한다. 따라서 상대방의 입장에서 이해하려 하고 겸손한 마음으로 상대를 대할 때 원만한 인간관계는 거기서 그치는 것이 아니라, 그것은 곧 나를 위하는 일이 된다.

그러나 오로지 나의 입장에서만 생각하면 상대방을 불신의 눈으로 바라보게 되고 더욱 높아지고 허물 수 없는 너와 나의 벽이 생긴다. 상대는 단지 나를 위한 도구이어야 하고, 내가 올라서기 위한 발판이 되고 만다. 그땐 아무리 관계를 개선하려 해도 이미 꺼진 불꽃처럼 싸늘한 반응만 돌아온다. 너무 늦기 전에 이기심으로 들어찬 마음을 소진시켜야 한다. 비록 작은 말이라도 상대를 위하는 마음으로 할 수 있다면 서서히 닫힌 마음들이 풀려갈 것이다.

세상이 어떻게 다가오는가는 세상을 어떻게 맞이하는가에 달려 있다. 세상의 모든 것들과 마찰과 투쟁을 일으킨다는 것은 결국 자신과 투쟁을 하는 것이다. 지배하거나 파괴하기 위해 휘두르는 칼은 자신을 향해 좌절과 상흔을 남기며 끝없이 이어져 나간다. 세상을 바라보는 각도에 따라 우리를 맞이하는 세상의 태도가 변하는 이유는 곧 세상과 우리는 동떨어진 무엇이 아니라 우리가 곧 세상이기 때문이다.

관계의 거울로 자신을 비추기 시작했을 때, 주위 사람들이 내게 행하는 태도 속에서 자신이 행한 바를 찾기 시작했을 때 삶은 전혀 다른 차원으로 탈바꿈 되는 것이다.

그때 비로소 모든 것에서 배우기 시작한다. 어떤 사람의 말이나 책 속에서도 배울 수 있다. 불완전한 사상을 지닌 말이나 글이라도 이 사람은 이래서 온전치 못하다는 사실이 눈에 들어오기 시작한다. 온전함과 온전치 못한 것 모두에서 배울 수 있다. 가슴이 열려 있기 때문이다.

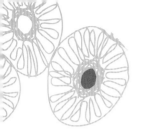

자신이 접하고 있는 세상은

자신이 지금껏 행해 온 바를

있는 그대로 대변해 주는 것이다.

세상은 무수한 관계로써 형성되고, 관계를 통해 움직이고 존재한다는 사실을 이해하지 못하고 타인을 지배하려 한다면 타인도 역시 지배하려는 자신을 먼저 지배할 것이다. 그것은 지배해야겠다는 생각에 의해 자신이 먼저 지배당하는 때문이다. 오물을 타인에게 던지려 한다면 자신이 먼저 오물을 집어 들어야 한다.

우리는 삶으로부터 무언가를 구걸하기 위해 존재하는 것이 아니다. 배움의 끝을 추구하는 일없이, 손쉽게 결론 내리는 일없이 내딛는 한 걸음이 수단인 동시에 목표가 되어야 한다. 지금 이 순간이 우리가 살아가는 삶의 목표인 까닭이다.

집착은 그것이 아무리 좋은 의도를 지니고 있다 하더라도 모든 존재의 본질인 변하지 않음과 실체 없음의 벽에 부딪혀 슬픔을 잉태할 것이다. 그렇기 때문에 결국은 부정적인 사고로 변질될 수밖에 없는 한계를 지니고 있다.

매 순간을 목표로 삼는 사람은 순간순간 흔적을 남기지 않기에 추구하고
자 하는 마음의 억압에서 자유롭다. 그는 흰 구름처럼 목표 없음의 목표를
따라 걷는다.

우리는 고통을 멀리하고 지속적인 행복을 꿈꾸고 있다. 그러나 지금 이 순간을 살피면 육신은 언제나 부족함 없는 안락한 경지에 있다. 과거의 잘못이나 미래의 걱정 등으로 마음이 불편함을 느끼기 때문에 전적인 앎이 육신을 부족함 없는 상태로 유지하고 있음을 미처 깨닫지 못할 뿐이다.

　육신은 불편함이 없어도 편치 않은 것은 마음 때문이다. 육신이 조금 비정상이라 해도 마음이 문제 삼지 않으면 문제가 없다. 그러나 육신은 정상이라 해도 마음이 불편하다면 육신을 통해서는 불편함을 해소할 방법이 없다. 다만 잠시 잊어버릴 순 있다. 아마도 그런 까닭으로 인간들 주변에 수많은 쾌락이 난무하는 것은 그만큼 불편한 마음을 안고 산다는 뜻도 될 것이다.

　마음이 불편하다면 오로지 마음을 통해 해결해야 한다. 불편한 마음을 편하게 하려는 무수한 방법들이 존재하고 있다. 마음은 형상도 없고 그림자에 불과한 상태로 존재하면서도 멀쩡한 삶을 한 순간에 망가뜨릴 정도로 파괴력을 갖고 있다.

　미래에 대한 희망을 송두리째 빼앗긴다면 실의에 빠지면서 마음은 그 즉시 낙담하게 된다. 또한 아무런 문제가 없이 살아왔다고 해도 이웃이 이사를 와서 행복에 겨운 모습을 본다면 갑자기 자신이 초라해진다. 이제 그는 불행한 것이다. 우리가 주의 깊게 살펴보면 매사가 이런 식이다.

마음이 불편하다는 것은 미래가 절망적이거나, 자신을 돌봐줄 주변이 등돌린 탓이다. 자신의 문제라기보다는 주변 환경이 바라는 바와 어긋나기 때문이다. 그로 인해 볼품없는 자신의 신세가 안타까운 것이다. 결국 자기 연민의 감정이 생겨나는 것은 비교할 상대가 있다는 의미이다. 남과 비교하려는 상대적인 관념에 의해 마음이 불편함을 느끼게 된다.

아무 일 없이 잘 지내다가도 상대방과 비교를 떠올림으로써 그들보다 행복하지 못하다는 느낌이 불행을 만들어낸다. 그렇기에 '상대적 빈곤감'이라는 말이 생겼다.

불행과 비애를 느낀다는 것은 상대적인 관념에 젖어서 살아간다는 의미이다. 상대적인 관념 속에서 살고 있는 한 우리는 결코 진정한 행복을 이룰 수 없다.

자신이 타인을 내려다본다면 타인은 결코 자신을 올려다보지 않는다. 자신의 마음이 그대로 타인에게 전해지기 때문에 행한 그대로가 되돌아오는 것이다.

생존경쟁의 치열함 속에서 잠시라도 긴장을 늦추면 행복의 공을 빼앗기게 된다. 행복의 공을 빼앗긴 마음은 불편함을 느끼기 시작한다. 마음 편하게 사는 것이 쉬운 일은 아니다. 이 문제를 해결하면 저 문제가 불거지고 산더미처럼 쌓여진 문제를 하나씩 풀어나가는 것이 삶인지도 모른다. 그런데 풀어야 할 문제가 하나도 없다면 그 또한 문제가 심각하다. 병균에 대한 아무런 면역력도 지니지 못한 육체는 병들어가듯 시들어 버릴 수도 있다는 사실을 외면할 수 없다.

어떤 장애도 없이 살아가는 사람들은 인내를 수행할 여건이 마련되지 않은 탓에 그들의 정신은 오직 배불리 먹고, 치장하고, 잠자면서 육신을 돌보는 것을 최고의 위안을 삼는다. 우리의 정신이 이처럼 인간 이하의 단계로 떨어지지 않도록 삶은 부지런히 문제를 만들어서 손에 쥐어주는 것인지도 모른다.

상대적인 관념을 통해서는 자신이 원하는 바를 이루었다 해도 또 다른 목표가 나타나게 된다. 절대적인 관념으로써의 삶을 살기 전에는 불편한 마음을 해결하지 못한다.

가령 투명청정한 보배구슬이 있다면 각도를 달리해서 보면 오색의 빛깔이 형형색색으로 빛날 것이다. 오색 빛깔은 실체가 있는 것이 아니다. 보배구슬로 인해 반짝이는 빛을 내는 것이다.

절대적인 관념이란 보배구슬과 같다. 투명청정하기에 거기에는 아무것도 존재하지 않는다. 상대적인 세계란 오색 빛깔처럼 존재한다. 보배구슬에는 오색 빛깔이 없지만, 각도를 달리 볼수록 여러 가지 빛깔이 반짝거리고 있다.

세상의 온갖 삼라만상은 오색 빛깔처럼 상대적인 세계에서 존재하는 것이다. 그래서 자체라고 할 만한 실체가 없으며 하나같이 변하고 멸하는 속성을 지니고 있다. 여러 인연을 의지하여 생겨난 탓으로 인연이 다하면 뿔뿔이 흩어져야 한다. 자체로써 존재하는 것이 아니기에 허망한 속성을 지녔다.

보배구슬에는 다른 어떤 것도 존재하지 않기 때문에 독립적 개체로써 스스로 존재한다. 스스로 존재하는 것은 생겨난 조건이 없으므로 늘 그대로이다. 변하거나 소멸되지도 않는다. 이처럼 완전무결한 상태로 한결같이 존재하는 것이 절대적 세계이다.

절대적인 보배구슬이 있으므로 상대적인 세계의 오색 빛깔이 나타난 것이다. 절대적 세계는 스스로 존재하면서도 상대적 세계인 반짝거림을 지니고 있다. 둘은 함께하면서도 오색 빛깔은 자체가 없기에 둘의 모습이 아니다. 또한 하나라고 말할 수도 없다. 반짝거림을 보배구슬이라고 할 수는 없다.

둘처럼 보이면서 둘도 아니고 하나도 아닌 것이 불이법(不二法)이다. 불이법은 절대적 세계를 가리킨다. 거기에는 둘이란 있을 수 없으며 하나라고 할 수도 없다. 오직 전체로써 존재한다.

보배구슬과 오색 빛깔의 관계를 언어로써 설명하려면 모순된 언어를 사용해야 한다. 둘이면서 둘도 아니고 하나도 아니다. 언어에는 이와 같은 표현이 적절치 않다. 둘이면 둘이고 하나면 하나여야 한다.

상대적인 세계에서는 이것과 저것이 존재하므로 언어적 표현이 가능하다. 절대적 세계는 전체로써 존재하기에 숫자나 언어로 헤아릴 수 있는 개념의 존재가 아니다. 상대적인 세계의 언어로써 절대적인 세계를 헤아리는 것은 내 손으로 내 몸을 가리키는 것과 같다. 무언가를 가리키려면 가리키려는 그것이 아니어야 한다. 내가 나를 가리킬 수는 없다.

언어나 생각 등의 상대적인 관념을 통해 절대적인 관념을 이해하려고 하는 것은 허공을 보기 위해서 구름을 걷어내려는 것과 같다. 그것은 허공에 의해 구름이 생기고 멸한다는 것을 이해하지 못한 것이다. 반짝거림을 통해 보배구슬을 알고자 하는 것은 보배구슬에는 본래 반짝거림이 없음을 이해하지 못함과 같다. 그렇기에 절대적 관념은 설명되어질 수 없으며 알려고 할 필요도 없다. 설명하려 하고 알려고 하는 그것이 절대적 관념으로 행해지는 것이다.

절대적 관념이란 전적인 앎이다. 마음이 불편하다고 해서 불편하지 않은 마음을 찾으려 하면 결국 실패할 것이다. 왜냐하면 마음을 일으킨 전적인 앎은 한 번도 불편함에 물든 적이 없었기 때문이다. 이것을 이해하지 못하는 것은 절대와 상대를 알지 못한 까닭이다.

마음이란 오색 빛깔이나 구름과 같은 상대적인 세계이며, 자체가 없는 허상으로 이루어진 것이다. 마음은 전적인 앎이 없다면 존재할 수 없다. 마음이 곧 전적인 앎이라는 것을 깨닫지 못한다면 구름을 뒤적이며 허공을 찾으려는 것과 같다. 보배구슬로 인해 오색 빛깔처럼 생겨난 마음을 내 마음으로 여긴다면 남쪽을 북쪽으로 알고 달리는 사람처럼 착각에 빠질 수밖에 없다. 착각에 빠졌기에 불편하지 않기를 원하며, 본래 없는 고통에서 벗어나고자 애쓰고 있다.

마음이 불편한 상태라는 것을 아는 것은 전적인 앎이 지켜보는 까닭이다. 우리는 전적인 앎과 잠시도 떨어져 살기 못하면서도 그것을 알지 못한다. 마음이 불편하고 편한 상태에만 집착하기 때문이다. 전적인 앎은 불편함도 없고 편함도 없다. 그저 존재할 뿐이다. 우리 역시 행복하지도 않고 불행하지도 않고 단순히 존재하는데도 불편과 편함을 끌어들이는 탓에 스스로를 행복과 불행으로 얽어맨 것이다.

그렇기에 불편한 마음을 벗어나고자 한다면 언제까지라도 불편한 마음으로 살아야 한다. 우리 자체가 전적인 앎이라는 사실을 거부하기 때문이다. 마음을 벗어나려 하지 말고 마음이 전적인 앎이라는 이해가 들어서야 한다. 마음을 벗어나기 위한 방법을 찾기 위해 온 세상 곳곳을 뒤진다 해도 마음을 벗어날 방법은 없다. 마음이란 본래 없는 물건이기 때문이다.

세상은 내 말과 생각과 행동을 따라 그대로 펼쳐놓는다. 그래서 세상을 읽는다는 말은 상대방이 내게 대함을 살피는 것이다. 상대방이 내게 대함을 보면서 내가 세상을 대하는 태도를 알 수 있다. 관계의 거울을 살핀다는 것은 곧 나를 읽고 세상을 읽는다는 의미이다.

다른 사람이 곧 또 다른 나라는 사실을 이해해야 한다. 타인과 나는 보이지 않는 끈으로 연결되어 있다. 내가 하는 말과 행동을 따라 그들도 똑같이 행하고 있다. 다른 사람과 함께할 때는 내가 되지 말고 그들이 되어야 한다. 입만 열면 관계를 그르칠 수 있기 때문에 그들의 처지가 되어 그들의 입을 빌려 말해야 한다.

억울한 일을 당한다 해도 그것은 본인이 알지 못한 먼 과거에 그럴 만한 인과의 씨를 뿌리고 그것을 지금 거두는 것이라는 이해가 우선되어야 한다. 도저히 참을 수 없는 일을 인내할 수 있다는 것은 그만치 잠든 의식이 깨어나고 있음을 의미한다.

　너와 내가 둘이 아님을 알지 못한다면, 내 마음 찾겠다고 세상을 등지고 깊은 산으로 숨어든다 해도 내 마음을 찾을 길이 없다. 내가 찾는 그 마음은 이미 삶의 중도에 함께하기 때문이다.

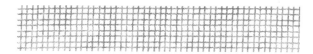

허공에 손짓을 해도 허공은 아무런 걸림이 없다. 자신을 주장하려 들지 않기 때문이다. 전적인 앎의 성품도 허공과 같다. 그와 같이 걸림 없는 성품을 지니고도 나와 내 것에 걸리고, 내 마음에 걸리고, 육신에 걸려서 누가 시킨 것도 아닌데 꼼짝달싹 못하는 존재로 전락해 버렸다. 누군가 시킨 사람이 있다면 그 사람을 설득하겠지만, 스스로 묶였으니 그 문제를 풀 수 있는 사람은 오직 본인뿐이다.

우리가 전적인 앎의 존재를 잊고 살다보니 마음이 주인 행세를 하고 있다. 양변을 세워놓고 오르락내리락하는 통에 애착하는 마음이 고통을 낳는다는 사실조차 놓치고 있다. 나와 내 것에 집착할수록 모든 것은 변한다는 진리의 문 앞에서 견딜 수 없는 상실과 좌절을 겪어야 한다.

중도란 치우친 편견에서 벗어나는 것이다. 나와 내 것에 대한 집착의 반을 타인에게 전하는 것이다. 내 몸 아끼듯 타인도 소중하게 보살펴 아껴주는 것이다.

타인도 부족한 물건이나 음식과 약이 없는지 작은 친절을 베풀 줄 알아야 한다. 그것이 살아있음의 중도를 행하는 것이다. 그런 사람에게 육신이 허망하고, 삶이란 헛된 것이라고 말할 수 없다. 중도를 지키지 못하고 내 육신에만 집착할수록 우리의 마음은 견딜 수 없는 좌절을 겪게 된다.

행복과 기쁨을 선사했던 탐욕, 즐거움, 재물, 명예 등이 진정한 낙이 아니라 고통과 번뇌를 일으키는 원인이라고 살필 수 있어야 한다. 우리는 가족, 자녀, 재물 등이 있음으로 해서 즐거움을 누리지만 그것을 지키기 위한 괴로움도 대단히 큰 것이다.

이처럼 어떤 대상에 집착할수록 그만치 고통이 증가한다. 타인과의 중도를 지켜간다는 것은 내 기쁨과 남의 기쁨의 중간지점으로 초점을 맞추는 것이다. 다른 사람의 자녀들이 올바르게 성장하고 학업을 이루도록 내 자녀 돌보듯 작은 정성이나마 마음을 다하는 것이다.

8장

⌐ 머물지 않는 마음을 지녀라 ¬

애벌레에서 날개를 달고
올챙이에서 개구리가 되듯
모든 존재는 더 나은 존재로
탈바꿈하는 기회가 주어져 있다.

인간 역시도 스스로 자신을 정화시키고
변혁의 불꽃을 일으킬 수 있는
차원의 삶을 마련키 위해 존재하며
추운 겨울을 이겨낸 매화꽃은 당당하기에
우리는 그에게서 눈 뗄 수 없다.

억울함을 참고 애환을 견디고
행복의 토대를 다지는 것은
모두의 유일한 관심사다.

고요한 시간에
걸어온 길과 가야 할 길을 되돌아본다.

밝음과 어둠, 선과 악, 남과 여, 행복과 불행 등이 2개로 보이지만 실제로는 두 모습이 아니다. 세상은 양극단의 조화로써 생겨난 것이다.

집착이란 이와 같은 세상의 이치를 알지 못하기에 한쪽만을 선호하는 편견을 지닌 것이다. 그렇기에 집착이 결국 죄를 잉태하고, 갈등과 번뇌로 물들게 한다.

지평선은 분명히 눈으로 확인할 수 있다. 그러나 눈에 보인다고 지평선을 찾아나선들 만날 수 없다. 있는 그대로 존재하는 전적인 앎에 자꾸 다가서려 하는 것은 자석의 한쪽을 잘라내려는 것과 같다. 고통 없음을 향해 가려는 욕구를 떨쳐야 한다. 왜냐하면 그와 같은 욕구로 인해 고통은 그림자처럼 우리를 뒤쫓게 된다. 우리가 있는 그대로의 진리를 향해 한 걸음 다가선다면 진리는 한 걸음 뒤로 물러날 것이다.

둘을 건드리지 않고 있는 그대로가 하나라는 사실을 이해할 때 우리는 이미 진리 속에서 숨 쉬고 있다. 아무리 눈을 씻고 찾아봐도 세상은 선과 악, 행과 불행, 음과 양, 밝음과 어둠의 조화를 벗어나 존재하는 것은 없다. 있는 그대로의 고통 없는 진리 속에서 숨 쉬며 살면서도 여전히 전적인 앎에 대하여 알고자 하고 손에 쥐려 하기에 놓치고 있다.

옛날 사람들은 TV도 못 보고 어떻게 살았을까 걱정하지만 그 사람들은 아무런 불편을 느끼지 못한다. 마찬가지로 마음이 과거로 넘나들지 못한다면 기뻐할 일도 없지만 고통받을 일도 없다. 단지 존재하기에 치루는 대가일 뿐이다.

슬픔과 기쁨이 사라진 삶은 얼마나 허전할 것인가를 떠올릴 필요도 없다. 마음은 얼마나 허전한지를 가늠할 수 있는 비교 대상을 잃어버린 까닭이다. 이처럼 마음이 기쁨과 슬픔의 굴곡을 이루지 않는다면 그것은 마음이라고 불러야 할 필요도 없다.

　마음은 대단히 양면성을 띤 존재임에 틀림없다. 마음이 있기에 인간은 인간답게 살 권리를 지녔지만 그로 인한 폐단도 만만치가 않다. 자신의 마음이 정말 자신의 마음대로 움직일 수만 있다면 그보다 더 큰 영광은 없을 것이다. 천만의 적군을 무찌르는 것보다 자신의 마음을 정복하는 것이 더욱 위대한 승리라는 말이 있을 정도로 마음을 정복하는 것은 참으로 쉽지 않은 일이다. 그만큼 자신의 마음이면서도 자신의 마음이 아닌 것을 지니고 살아간다.

몸은 하루하루가 다르게 노쇠해 가고 있으며, 마음도 순간순간 변화해 가고 있다. 그러나 변함없이 한결같은 마음이 있다면 그것은 지켜보는 마음이다. 내가 지금 울고 있구나, 내가 지금 웃고 있구나 하는 지켜보는 마음은 불행하다고 조금만 느끼고 행복하다고 크게 부풀려 느낄 수 없다. 행과 불행에 물들지 않는 모습으로 언제든 나와 함께한다.

몸과 마음이 순간순간 바뀌고 변하더라도 지켜보는 마음은 항상 변함없이 존재한다. 내 마음의 주인이 되고자 한다면 지켜보는 마음을 늘 떠올려야 한다. 그러나 우리는 어찌된 영문인지 이처럼 엄청난 보물을 간직하고도 마치 왕궁에 초대된 걸인처럼 식은 밥 한 덩어리를 구걸하고 있다. 욕망과 화를 일으키는 마음이 앞서 진흙탕에서 뛰놀기를 멈추지 못하기 때문이 아닐까?

　산에서 불길이 번져 내려올 때 불길을 잡기 위해선 맞불을 놓아야 한다. 마찬가지로 아상 중심적인 사고를 잡기 위해선 철저히 남이 되어야 한다. 만일 남이 되지 못하겠다면 최소한 남의 입장에서 생각하기라도 실천해야 한다. 처지를 바꾸어 놓고 상대의 입장이 되어 생각해보는 자세를 지녀야 한다. 단절된 대화의 벽을 지니고 있는 사람은 언제든 고립된 생활을 할 수밖에 없다.

　인간과 인간의 교류는 언어가 있어 가능하다. 언어는 대단한 힘을 지니고

있다. 잘못 쓰면 독이 되지만 잘만 쓰면 그만치 훌륭한 무기가 없다. 한번

뱉어내면 다시 주워 담을 수도 없기에 성급하고 경솔하게 사용되어서는 안

된다. 말 한마디 잘못해서 일을 그르치기보다는 차라리 침묵을 지키는 편이

낫다.

상대를 위해 베풀 수 있는 아량을 지녔다는 것은 그만큼 마음이 넉넉한 것이다. 그렇기에 베푼다는 것은 자신의 제한된 시야를 넓히는 행위이다. 무엇인가 상대방에게 전해줄 수 있는 심성을 지녔다는 것은 참으로 대단한 일이다.

  개인의 이익보다는 다수의 이익을 위해 움직이는 마음은 지도자의 위치에 있는 사람들이다. 지도자의 위치에 있다 보니 그런 마음을 사용하는 것이 아니라, 개인보다는 다수의 이익을 위한 마음을 사용하다 보니 지도자의 위치에 있게 된 것이다. 마음이 모든 환경을 조성해 나가는 까닭에 남을 위해 살 것인가, 나를 위해 살 것인가에 따라 본인이 처하게 되는 환경이 변하는 것이다.

화나 증오의 감정을 쉽게 일으킨다면 그런 행동과 일치되는 사건들이 꼬리를 물고 생겨난다. 관상학적으로도 미간에 주름이 생겨 자꾸 화를 낼 일이 생기는 것이다. 성 안 내는 얼굴과 부드러운 말 한마디는 미묘한 향기와 같다.

문화가 발달할수록 인간은 개체적이고 고립되어 간다. 혼자서도 즐길 수 있는 여러 가지 방법들이 등장할 것이기 때문이다. 남과 더불어 지내는 시간이 줄어들수록 인간은 천성적으로 부여된 외로움을 극복하지 못하여 잔인함과 광기가 폭을 넓혀갈 것이다. 사람의 생각은 이 세상 어디라도 갈 수 있지만 어디를 가더라도 자신보다 더 사랑스러운 것은 찾지 못할 것이다. 그렇기에 다른 사람 역시도 자신이 제일 사랑스럽기는 마찬가지이다.

진실로 자신을 사랑하는 사람이라면 남들도 똑같은 생각을 하고 있음을 알아야 한다. 자신을 사랑하는 사람은 재난이나 도적이 들기 전에 주위를 살피고 문단속을 하듯 스스로 자신을 보호하고 예방책을 세워야 한다.

교만이란 자신이 스스로를 높이는 것이고, 겸손이란 묵묵히 자신의 부덕함을 인정하는 것이다. 사람이 비교적 교만해지기는 쉬운데 겸손하기는 쉬운 일이 아니다. 그러나 교만해질 수 있다는 말은 분명히 겸손해질 수도 있다는 의미이다. 겸손을 위해 알아야 할 것 3가지가 있다.

첫째, 자신이 아무것도 아니라는 것을 깨닫는 일이다. 병들어 늙고 죽는 생사의 흐름 속에서 인간은 자신의 의지를 얼마나 반영시킬 수 있는지를 살펴보아야 한다.

둘째, 인간다운 행복을 누릴 권리를 이미 가지고 있다.

셋째, 내가 누리고 싶은 행복을 타인도 원한다.

이런 문제를 간과하고 표면상으로만 겸손을 실천하기란 불가능하다. 이와 같은 이해가 결여되었다면 상대의 입장이 되어 생각할 수 있는 여유를 지니지 못했기에 위선적인 겸손의 한계를 넘지 못하기 때문이다. 상대방을 이기고 싶어 하는 자신의 교만함을 묵묵히 바라볼 수 있을 때 겸손해질 수 있고, 여러 사람의 이익을 위해 자신의 이익을 포기할 수 있을 때 겸손은 빛을 발할 것이다.

어떤 일을 진정으로 원한다면 성급한 마음을 우선 가라앉히고 그 일에 대한 강한 의지와 소망을 지녀야 한다. 강한 의지를 지니기 위해서는 그 일을 성취했을 때 나타나는 결과들을 계속적으로 떠올려 자신의 마음 깊은 곳으로 암시를 던져야 한다.

잠재의식으로 각인된 암시는 반드시 실현되고야 만다. 단지 그것이 늦게 나타나느냐, 일찍 나타나느냐에 차이가 있을 뿐이다.

인간은 잠재의식의 명령을 수행하는 꼭두각시에 불과하다. 따라서 다른 사람의 잘함과 잘못함에 대해서는 크게 마음 쓰지 말아야 한다. 그들은 자신이 무엇을 하는지 잘 모르기 때문이다. 단지 그들은 나와 같은 생각, 즉 행복해지고 싶다는 소망을 지니고 있다. 나와 똑같이 고통과 불행을 넘어서기 위해, 삶이 짓누르는 무거운 어깨를 이끌고 용기 있게 버티고 있다는 사실 하나만으로도 그들은 존경받기에 충분하다.

그렇기에 그들이 상처받지 않도록 말을 조심하고 경솔하게 내뱉어서는 안 된다. 자신이 무심코 던진 말로 인해 상대방은 충격적으로 받아들이는 경우가 많기 때문에 비록 하찮게 보이는 사람에게라도 조심스럽게 언어를 사용해야 한다. 말과 생각과 행동은 제각각 나누어진 것이 아니다. 별 뜻 없이 튀어나온 말 한마디에 본인의 전체의식이 담겨져 있다. 그래서 입을 다스리는 것이 마음을 다스리는 것과 별반 다르지 않다. 우리의 모든 의지적인 노력도 실상은 잠재의식이 일으킨 그림자다.

육신이 음식물을 통해 양분을 공급받듯이 정신도 양분을 공급해 주어야 한다. 상대에게 불편한 것은 없는지 묻는 그 한마디가 보잘것없다고 생각한다면 마음이 풀 한 포기 자라지 못하는 황폐한 땅과 무엇이 다른가.

집이란 눈에 보이고 형상도 지니고 있지만, 기둥이며 담이며 지붕들이 모여 이룬 것이라 집이 독립적인 자체가 없다. 그것은 실체가 없기에 인연들이 흩어지면 소멸되는 허망함을 지니고 있다.

마음도 이와 같다. 경험된 과거의 이미지를 통해 좋은 것은 욕망으로, 나쁜 것은 화로 나타내려는 의도를 지닌 것이 마음이다. 마음의 재료가 된 것은 과거의 이미지와 미래의 의도이다. 그렇기에 마음은 지금 이 순간에는 존재할 수 없다.

눈에 사물이 비치고 귀에 소리가 들려오는 것들은 지금 이 순간에만 존재한다. 그것은 마음이 아니라 생각이다. 우리가 마음과 생각을 비슷하게 사용하게 된 것은 '생각'과 '생각의 모양'을 같은 범주로 이해하기 때문이다.

생각과 생각의 모양은 존재의 차원이 다르다. '생각'이 지금 이 순간에 보이고 들려오는 것이라면, '생각의 모양'은 그와 같은 생각에 대하여 언어가 개입된 상태이다.

비가 내리는 것을 본다면 지금 내리는 비가 눈에 비치고 있는 것은 생각이다. 그리고 비가 내린다고 생각하는 것은 '비'와 '내린다'는 언어가 생각에 붙어있는 것이다. 그것이 생각의 모양이다.

생각의 모양은 생각이 과거로 흘러간 것이다. 생각의 모양은 생각에 언어가 개입된 것이라 과거의 생각이다. 이와 같이 현재와 과거라는 서로 다른 차원으로 존재하지만, 생각과 생각의 모양을 함께 사용하는 습관으로 인하여 마음과 생각을 같은 범주로 이해하기 쉽다. 그러나 마음과 생각, 생각과 생각의 모양은 엄연히 다르다.

지금 현재하는 전적인 앎은 생각의 바탕이 되고, 과거와 미래의 개념인 마음은 생각의 모양을 재료로 삼는다. 마음이란 감각기관과 대상물과 언어 등이 모여 이룬 것이라 집이 만들어진 것처럼 자체가 없다. 단지 허상으로만 존재하기에 그림자와 같은 속성을 지니고 있다. 그런데도 우리는 마음에 의해 슬픔에 물들고, 기쁨에도 취하며, 상실감과 성취감도 느끼는 등 다양한 감정의 변화를 경험한다.

마음이 허망한 그림자와 같은 속성이라면 이처럼 다양한 변화를 직접 느낄 수는 없을 것이다. 내면이 언어로 물든 상태이기 때문이다. 레몬을 직접 먹지 않고도 생각을 떠올리면 입에 침이 고인다. 이와 같은 현상이 일어나는 것은 마음에는 과거를 기억할 수 있는 저장 창고를 지녔기 때문이다. 마음은 표면의식과 반무의식, 잠재의식 이렇게 3층으로 되어있다.

기쁨과 슬픔에 의한 영향을 받는 것은 기억된 과거를 떠올리면서 미래를 짐작하는 연산작용을 행하기 때문이다. 연산작용이란 미루어 짐작하는 기능이다. 높은 곳에 있는 열매를 따려는데 키가 안 닿으면 막대기를 사용해서 열매를 얻는다. 이와 같은 능력을 지녔으므로 좋은 것을 보면 항상 소유하고 싶은 욕망을 일으키는 것이다.

마음이 비록 그림자와 같은 속성을 지녔지만 저장창고를 지녔기 때문에 온갖 기억된 정보로써 마음을 사용하고 있다. 마음이 존재하지 않는다면 정보가 없는 컴퓨터와 같아 육신은 쓸모없는 물건이 되고 만다. 그처럼 소중한 마음이다.

소중한 반면에 마음의 해악도 만만치가 않다. 욕망과 화의 불길이 타오르면 쉼 없이 타오른다는 것이다. 어느 정도에서 멈춰야 하는데 일단 불이 붙으면 말을 듣지 않는다.

욕망과 화의 불길을 조절하지 못하면 자신은 물론 주변까지 망가뜨릴 정도의 강력함을 지니고 있다. 그런 탓으로 인간은 마음을 열심히 단속하고 다스림을 통해 마음과 싸우고 있다. 사회를 통해 더불어 살아야 하는 존재이기 때문에 법과 양심이라는 울타리 속에서 마음을 제어하면서 길들여 간다.

세상은 온갖 생멸변화를 일으킨다. 정들만 하면 이별이고 살 만하면 병들고 머물만 하면 떠나야 한다. 가지가지의 고통을 받는 것이 인간의 어쩔 수 없는 운명인지도 모른다. 그러다보니 늘 변해가는 고통 속에서 행복을 추구하고 있다. 인간은 아상으로 자신을 부풀려 놓고는 세상의 중심에다 세워놓았다. 이것이 아상 중심의 사고이다. 아상 중심의 사고를 하기에 고통을 회피하려 하고 행복을 갈구하는 나약한 존재로 변한 것이다.

보이고 들리는 모든 것들은 내 마음에 들어야 하고 내 마음에 든 것은 죽어도 손에서 놓치지 않으리라는 결심을 통해 삶을 버티고 있다. 그러나 비장한 결심이 안타까운 것은 무슨 병에 걸린 줄도 모르고 앓는다는 점이다. 바로 자신이 생각을 일으키는 줄 아는 환병에 걸린 것이다. 아마도 육신을 기준 잡아 맴도는 아상의 깃발을 쫓아다니기에 바쁜 탓일 것이다. 생각을 자신이 원하는 방향으로 몰고가려 한다. 그러나 생각은 생각만큼 그렇게 쉬운 물건이 아니다.

만일 생각이 생각처럼 쉬운 물건이라면 자신이 원하는 방향으로 힘들게 몰아갈 것이 아니라, 애시당초 보고 들으면서 내가 원치 않는 것은 담지 말고 원하는 것만 담으라고 하는 편이 쉬울 것이다. 그것이 가능하다면 욕망과 화 때문에 갈팡질팡하느라 애먹을 필요도 없을 것이다. 그러나 그것은 불가능하다. 생각은 내가 일으키는 물건이 아닌 까닭이다.

어째서인가, 생각이란 눈과 귀를 통해 불러들이는 물건이다. 보고 듣는 것을 내가 일으킨다면 보고 듣기 싫은 것은 안 보이고 안 들려야 한다. 그러나 사물을 보지 않으려고 눈을 감고 결심해도 감은 눈을 벌리면 의지와는 아랑곳없이 비추어진다.

듣기 싫은 소리라서 안 들으려 해도 저절로 들려온다. 안 들으려면 귀를 막는 수밖에 없다. 매운 고추를 먹고 매운맛을 느끼지 않으려 해도 별 소용이 없다. 이렇듯 내 의지와는 상관없이 보고 들음이 일어난다면 내가 보고 내가 듣는 것이 아니다.

내가 보고 듣는 것이 아니기 때문에 숟가락을 물에 집어넣으면 구부러져 보인다. 분명히 똑바른 숟가락을 넣었다는 것을 안다 해도 소용이 없다. 이렇듯 왜곡되어 보고 듣는 생각이란 내 의지와는 관계가 없는 물건이다. 그런데도 그것을 내 입맛에 맞추려고 하니 인간을 궁지로 몰아넣기에 충분하다.

나뭇잎이 떨어져 낙엽으로 뒹굴어도 이듬해 봄이면 새싹은 다시 돋아날 것이다. 나뭇잎이 떨어지고 돋아나는 중간에는 멈춤이 있다. 바람도 마찬가지로 저쪽에서 이쪽으로 불어오려면 멈춤을 통과한다. 자동차의 기어가 2단에서 3단으로 4단으로 변할 때 중립을 거쳐야 하고, 호흡도 정지칸이 있어야 들숨과 날숨으로 바뀌는 것이다. 마음이 욕망과 화의 불길로 타오르는 움직임이 있다는 것은 정지칸을 지나치고 있는 것이다. 그와 같은 정지칸은 어디로부터 온 것도 아니고 어딘가로 사라지는 것도 아니다. 시작 없는 옛날부터 존재하는 허공처럼 그렇게 자리하고 있다.

보고 듣는 것을 쫓아 욕망과 화를 일으키느라 세상이 본래 멈추어진 정지칸이라는 사실을 알지 못한다. 눈에 보이는 모든 형상은 늘 변해가고 있다. 바위조차도 매 순간 흙으로 부서진다. 변하는 것은 소멸되는 것이다. 변하고 사라지는 것은 움직인다는 것이며 고요함의 바탕을 지녔기 때문에 변해간다는 의미와 같다. 정지된 스크린이 없다면 움직이는 영상을 볼 수가 없고, 필름의 정지칸이 없다면 움직임을 만들 수가 없다.

마음이 살아 움직이는 듯 느끼는 것은 '전적인 앎'의 스크린이 있으므로 가능하다. 과거의 이미지들이 필름처럼 움직이며 활동성이 나타나는 것은 정지칸을 지나치고 있다는 뜻이다.

보고 들음에 따라 좋고 나쁜 감정이 나타나고, 내 마음에 들고 안 들고 하는 알음알이가 생겨나고, 생각을 움직여 하고자 하는 뜻을 지니게 하려는 것들은 전부가 멈추어진 스크린을 통해 나타난 것이다.

보고 들음이란 내 의지로서 동작되는 것이 아니다. 스크린에 사물이 비치고 소리가 들려올 수 있도록 눈과 귀를 통해 스크린으로 끌어들이는 것이다. 그것은 바다와 같다. 바다는 모든 것을 평등하고 차별 없이 받아들인다.

그렇기에 보고 들음이 받아들인 것을 내 마음에 들고 안 드는 것으로 나누어 놓는다. 그것이 마음이다. 그런 탓으로 마음에 들면 애착하고 안 들면 원망하기에 탐욕과 화의 불길이 타오르게 된 것이다. 과거의 이미지를 통해 내 마음에 들고 안 들고를 구별하면서부터 우리는 화에 장단을 맞추는 허깨비의 처지가 되어 버렸다.

마음과 육신이 따로 논다. 마음은 육신에 대하여 병들고 늙지 말고 죽지 말았으면 하는 바람을 지니고 있다. 육신은 마음의 요구에도 상관없이 자신의 갈 길을 가고 있다.

탐욕과 화의 불길에 휩싸여 있거나 아니거나를 막론하고 하나같이 깊고 깊은 도리가 아닌 것이 없고 진리 아닌 것이 없다. 왜냐하면 한결같은 자리를 지키고 있는 전적인 앎은 눈 하나 깜빡하지 않고 부동의 자세로 존재하기 때문이다. 그러나 그림자에 희롱을 당하느라 몸과 마음의 주인공인 전적인 앎은 꼼짝달싹 못하고 있다.

보고 듣고 맛보는 것들을 스크린으로 끌어들임을 잃어버렸다. 그렇기에 마음은 마음 놓고 대상물을 따라 밖으로 흘러나가면서 좋고 나쁨을 구별하느라, 육근의 6개의 밧줄로 묶인 전적인 앎은 뒷방 한편에 갇혀버린 것이다.

우리는 처지를 바꾸어 놓고 상대의 입장이 되어 생각해 보아야 한다. 상대를 위해 베풀 수 있는 아량을 지녔다는 것은 그만큼 마음이 넉넉한 것이다. 그렇기에 베푼다는 것은 나중에 상대가 그것을 갚아서 풍요로워지는 것이 아니라 베푸는 마음이 풍요로움을 지니고 있는 것이다. 잠재의식에서 풍요의 점을 많이 찍어놓으면 삶이 풍요롭게 전개된다. 그러나 받으려고 하는 마음이 되면 받아야만 살 수 있도록 전개되는 것이다.

기적이나 안 죽고 사는 법을 배울 필요는 없다. 살면서 잠재의식의 속성을 알고 그것을 통해 삶이 어떠한 모습으로 나타나는지를 관찰해야 한다. 긍정적인 삶의 태도를 지니고 자신의 마음을 다스린다는 것은 인간관계의 불꽃을 훈훈하게 피우겠다는 마음가짐을 통해 이루어가야 한다. 타인을 넘어서고 초월적인 무엇이 되고자 마음을 다스리려 한다면 잠재의식은 타인에게 짓밟히는 삶으로 변질될 것이다.

인간에게 욕망이 없다면 모든 의욕을 잃어버린 채 삶에 대한 무감각으로 생활을 유지할 수 없을 것이다. 인간의 버팀목인 희망도 사라질 것이기 때문이다. 욕망이 일어나는 경로는 감각의 근원지인 눈이다. 이를 통해 사물을 접촉함으로써 좋다, 나쁘다는 이미지를 저장한다. 그러한 이미지를 통해 좋으면 애착하고 나쁘면 원망을 드러내며, 애착은 소유욕으로 변하고, 원망을 드러낸 것은 어떻게든 회피하고자 한다. 이렇게 경험된 기억 때문에 반복적으로 재생되고 있는 것이 욕망과 화다.

이 단계까지라면 욕망은 해롭지도 않고 이롭지도 않다. 왜냐하면 살아있는 존재들에게는 당연한 요구이고 자연스런 행동이다. 그런데 욕망은 어쩔 수 없이 이 단계를 지나치게 되어 있다. 즉 고통으로 연결되는 것이다. 갖고 싶은데 가질 수 없고, 만나고 싶은데 만날 수 없고 헤어지고 싶은데 자꾸 얼굴을 마주쳐야 하는 등의 괴로움이 시작되는 것이다. 그래서 욕망과 화는 불길처럼 타오르는 어리석은 속성을 지녔다고 하여 탐진치(貪嗔痴)를 '삼독'이라 부른다.

순간순간을 끈질기게 지켜본다면 고통과 두려움에 대한 관념은 자신이 임의적으로 만들어낸 것에 불과하다는 사실을 알 수 있다. 왜냐하면 우리가 고통받고 괴로워하는 것은 어제에 대한 기억과 경험에 기인한 것이다. 또한 10분 후나 며칠 후 다가올 걱정으로 불안해하는 것이다. 초점을 지금 이 순간으로 맞추다 보면 불필요한 망념은 그만큼 줄어든다. 우리가 지금 이 순간을 살지 못하고 과거의 이미지를 통해 존재한다면 그것은 모든 슬픔의 원인이며, 진실을 진실대로 보지 못하는 어리석음이다.

항상 우리가 아는 방식만을 고집한다면 다람쥐가 쳇바퀴 돌리듯 같은 방식으로 생각하고 행동하려는 것과 같다. 가령 개미가 열심히 먹이를 보고 다가가는데 먹이를 살짝 들어 올리면 개미는 당황할 것이다. 순식간에 사라진 먹이를 찾아 자신의 주변만 살필 뿐 머리를 들고 하늘을 보려는 생각은 꿈조차 꾸지 못한다.

우리가 혼란스러운 이유 중 하나는 보고 듣는 방식이 잘못되었기 때문이다. 눈앞에 나타난 형상만을 따라 움직이는 까닭에 머리를 들고 하늘을 보려는 생각은 꿈조차 꾸지 못하는 개미와 같다. 그러다 보니 갈등이 일어난다. 이런 식으로 행동하고 싶지 않은데, 이렇게 살고 싶진 않은데 하면서 마음과 몸이 분열되기 시작한다.

그러나 오랜 습기에 젖은 몸은 마음의 소리를 받아들이지 않는다. 마음은 연꽃으로 피어나고 싶지만, 몸은 진흙탕에서 뒹굴기를 멈추지 않는다. 아무리 자신을 제어하려 해도 늪에 빠진 것처럼 빠져나오려 할수록 점점 더 일이 어렵게 꼬여 간다. 곤경에 처하기 시작하는 것이다. 본인에게 일단 문제가 나타나고 곤경에 빠졌을 때는 멈춰서야 한다. 산에서 길을 잃었을 때 이리저리 헤매면 당혹스럽기 때문에 점점 더 미궁 속으로 빠지게 된다.

우선 멈춰 서서 자신이 곤경에 빠지게 된 원인과 문제가 발생하게 된 동기를 면밀히 점검해야 한다. 만일 우리가 생각의 표면에 매달려 있고 사고자로 접근하지 못한다면 아무리 눈을 치켜뜨고 자신의 생각과 행동을 지켜 본다 해도, 여전히 자기중심적으로 지켜보는 것이다.

우리가 마음을 정복하고 싶어도 쉽지 않은 것은 사고자의 존재를 알지 못 하는 탓이기도 하다. 사고자는 생각을 관리하고 단속하려는 의도를 지니고 있다. 그렇기에 마음을 정복하고 싶다는 것은 사고자가 행하는 것이다. 아 무리 표면에 드러난 마음과 다투어 보아도 사고자가 다스려지지 못하면 마 음은 결코 다스려지지 않는다.

마음은 곧 사고자이다. 사고자는 마음을 정복하고 싶다는 의도를 지니게 한다. 그렇기에 우리들 내면에는 보고 듣고 맛보면서 나타난 생각과 사고자 가 존재한다. 사고자는 생각을 자신의 마음대로 몰아가려는 것이기에 생각 을 움직이려는 의도를 지니고 있다.

생각은 쫓기고 사고자는 쫓는 자이다. 생각은 보고 들으면서 나타났기에 현재를 기반하고 있다. 사고자는 의도된 바가 존재한다. 의도가 존재한다는 것은 과거의 이미지로 물들었다는 의미이다. 따라서 사고자는 과거를 통해 존재한다.

생각이란 단순히 눈에 보이고 귀에 들려오는 것이기에 의도를 지니지 않고 있다. 갈등과 고통은 의도와는 다른 상태가 나타나기 때문에 겪는 것이다.

우리가 고통을 당하는 것은 의도를 지닌 사고자로 인한 것이다. 만일 뜻한 바의 의도가 관철되지 못하면 갈등과 좌절을 경험하게 된다. 생각은 의도를 지니지 않았기에 해악을 일으키지 않는다. 의도된 바가 있기에 그것에 대한 성취감도 느끼고 좌절감도 경험하게 된다. 세상은 늘 변하기에 성취감과 좌절감은 반복적으로 겪어야 하는데 이것이 고통을 동반한다.

생각과 사고자는 전혀 다른 무엇이 아니다. 생각이 과거로 흘러가면 사고자의 재료로 변하는 것이다. 그런데도 과거의 존재인 사고자는 지금 현재하는 생각을 쫓고 있다. 사고자가 생각을 쫓는다는 것은 보고 들으면서 좋고 나쁨으로 편 갈라 놓는 것이다. 그것은 마치 그림자가 실재하는 물건을 움켜쥐려는 것과 같다.

이처럼 허망한 사고자를 내 마음으로 알고 있는 탓으로 희로애락에 몸살을 앓고 있다. 그렇기에 마음을 다스린다는 것은 다스리고자 하는 의도를 끈질기게 지켜보는 것이다. 사고자가 더 이상 생각을 쫓아다니며 좋고 나쁨으로 편 갈라 놓으려는 의도가 없을 때 비로소 마음이 쉰다고 말한다. 그 마음은 고통을 일으키지 않는 본성의 마음이다. 그것이 있는 그대로 보는 것이며 지금 이 순간을 살아가는 것이다.

나를 벗어나 다른 사람처럼 되기를 꿈꾼다는 것은 마치 국화가 자신을 버리고 장미로 변하고 싶어하는 것과 같다. 설령 국화가 장미로 된다고 하더라도 또 다른 것을 원하게 될 것이다. 왜냐하면 현재하는 나를 받아들이지 못한다는 것은 미래의 모습 역시 받아들이지 못할 것을 의미하기 때문이다.

그렇기에 지금 현재의 내가 조금 부족하고 불만족스럽더라도 있는 그대로의 나를 받아들여야 한다. 지금 이 순간의 내 모습은 내가 취할 수 있는 가장 정확한 답이기 때문이다.

불순물이 완전히 가라앉았을 때 바다을 볼 수 있는 것처럼 마음의 불순물이 가라앉으면 존재의 실상이 드러난다. 육신과 세간에 매달려 집착하면서 온갖 삼독의 거품을 내뿜으면서 헤매던 꿈에서 깨어나는 것이다. 고통 없음을 구하고자 하는 것은 꿈에서 먹던 사과를 깨어나서도 찾아 헤매는 어리석음과 같다. 사과는 처음부터 없었던 것처럼 고통도 애당초 존재하지 않았음을 안다면 완전히 꿈에서 벗어난 것이다.

얻고 구하려는 거지근성 때문에 고통이 생겨난 것이다. 그렇기에 거지근성이 멸한 사람은 더 이상 무엇으로도 속박할 수 없는 대자유인이다.

'내일'이나 '언젠가'라는 단어가 주는 허구성을 알아차리고 지금 이 순간을 부둥켜안고 불꽃처럼 살아가라. 존재하는 것은 오직 지금 이 순간뿐이다.

생각의 굴레를 벗어나라

아주 먼 옛날

신들은 자신의 권위에

도전해 오는 인간을 둘로 나누어 버렸다.

그 후로 인간들은

잃어버린 반쪽을 찾아 헤매었고

채울 수 없는 허전함에 몸져눕기 시작했다.

외롭다는 느낌 하나를 벗어 던지기 위해

필요 이상으로 삶은 낭비되었으며

얼마나 높은 울타리를 쌓아 올렸는가.

갈증은 불붙어 타오르고

인정받기를 희망하는 강박관념은

더욱 인간을 곤혹스럽게 만들었다.

뭔가 잃어버린 허전함에 매달려

자신에게 멀어질수록 상처받기 쉬운 나약함은

스스로를 반쪽으로 만들어간다.

자신의 마음이 어떻게 움직이는가를 관찰할 수 있어야 자신을 이해할 수 있다. 이것이 자기 인식의 첫걸음이며 지혜의 시작이다.

세상은 일체가 통으로 연결된 하나이기에 나쁜 생각을 단속하려 들거나 끊어야겠다는 식으로 접근하기보다는 그 생각이 일어나는 시점부터 끝나는 시점까지 끈질기게 지켜보아야 한다. 물론 처음에는 나쁜 생각들을 몰아내려 할 것이다. 그러나 그것은 사고자가 강력한 힘을 지니게 된다. 마음을 다스리는 것은 보고 들으면서 나타나는 표면의식이 아니라 사고자를 길들이는 것이다.

무엇이든 문제를 삼으려는 사고자가 날뛴다면 어떤 무엇으로도 문제를 일으키게 된다. 그렇기에 일단 내면에서 쫓고 쫓기는 관계부터 회복하는 것이 시급한 문제이다. 그것이 정신 수련이다. 마음이 쫓고 쫓기는 관계를 벗어나 전체로써 모습을 보이기 시작할 때 마음은 더 이상 문제를 일으키지 않게 된다.

심장이 멎을 듯한 무서운 영화라도 전부 살아서 영화관을 빠져 나온다. 만약 영화와 똑같은 실제 상황이 연출되었다면 겁에 질려 심장마비를 일으키는 사람들이 부지기수였을 것이다. 그런데 그렇지 않은 것은 허상임을 알고 있기 때문이다.

존재하는 모든 고통 역시 공한 것이다.우리가 고통받는 모든 원인이 실제로는 허상이고 환영임을 알았을 땐 모든 고통이 잠시 후면 사라질 착각에 불과하다. 그런데 문제는 고통이 사라지면 기쁨 또한 소멸한다는 사실이다. 그래서 기쁨의 목덜미를 잡고 있는 고통을 쉽게 던져 버릴 수도 없다.

고통과 기쁨은 동전의 양면처럼 마주 보고 있다. 우리에게 기쁨을 주는 바로 그것이 고통을 일으키는 원인이 된다. 즉 은혜와 사랑이 모든 원망과 슬픔의 원인이다. 우리가 감정의 기복을 벗어나고 싶어 하는 것도 바로 이와 같은 마음의 습성 때문이다. 마음은 사랑과 애착을 넘나들다가 원망과 슬픔의 늪으로 빠져드는 탓이다. 세상은 양극단의 조화로 생겨난 것이기에 거울 2개를 맞대어 놓은 것처럼 기쁨과 슬픔이 서로를 투영하면서 끝없이 벌어져 나간다.

정신 수련이란 마음이 마음의 꼬리를 무는 악순환을 차단시키는 일이기도 하다. 마음은 계속해서 과거로 움직이며 지난 생각들을 떠올리게 한다. 그것을 끈질기게 지켜보아야 한다. 어떤 의도로 마음이 지난 기억을 내뿜고 있는지를 알아차려야 한다. 이와 같이 마음과 본인은 제각각 존재하고 있음을 알아야 한다. 마음은 스스로의 의도를 지니고 있다.

처음에는 생생하게 과거를 끌어오므로 슬픔과 기쁨도 일으키고 애착과 원망으로 얼룩지겠지만, 이미 지난 과거에 반응할 필요가 없다고 생각하면 점점 엷어지고 약해진다. 우리가 필요로 하는 건 지금 현재이기 때문에 이미 지나간 과거를 붙잡고 씨름할 필요는 없다. 과거를 떠벌리고 산다는 것은 지금 현재가 만족스럽지 못하다는 의미다. 다시 말하면 과거를 떠벌리고 살기에 만족하지 못한 지금 현재를 맞이한다는 의미도 된다. 이래저래 과거란 흐르는 물 놓아버리듯 집착하지 말아야 한다.

집착이란 생각의 굴레에 매여 있다는 말이다. 이것은 중요하고 저것은 중요치 않다고 생각하는 이면에는 1층은 필요 없으니 2층만 만들어달라는 것과 같다. 중요한 것이 있기 위해서는 중요치 않은 것들이 바탕으로 모여 있어야 한다. 땅이 없으면 하늘도 없다. 불행을 알지 못한다면 행복이 무언지를 모름과 같다. 배고파 본 경험이 없다면 배부른 것이 무엇을 의미하는지 알지 못함과 같다.

내 마음에 들고 안 들고를 먼저 생각한다는 것은 세상을 중요한 것과 중요치 않은 것으로 나누려는 것이다. 세상을 둘로 쪼갠다고 쪼개어질 수도 없지만, 생각의 굴레에서 맴도는 것은 쪼갤 수 없는 세상을 쪼개려 하는 것이다. 그것은 하늘과 땅이 본래 하나임을 모르기에 나타나는 현상이다. 행과 불행이 동전의 양면처럼 존재함을 모르기에 집착을 일으키고 있으며, 마음은 그것을 기뻐하며 집착하기 때문에 욕망과 화의 굴레는 힘차게 돌아간다.

어둠은 밝음을 의지하여 어둠일 수 있고, 밝음은 어둠을 의지하여 밝음이 되므로 실제로 둘은 전체로써 존재한다. 밝음은 어둠을 포함하고 있고 어둠은 밝음을 포함하고 있다. 칠흑 같은 어둠이 지나면 밝음이 드러나고, 한낮의 완전한 밝음이 지나가면 어둠이 서서히 몰려든다. 이렇게 번갈아 자신의 모습을 드러내고 있지만 동일한 뿌리를 지니고 있다.

어둠의 실체를 찾기 위해 횃불을 들고 사방을 두리번거려도 횃불을 들고 있다면 어둠은 결코 만날 수 없다. 존재계의 모든 현상은 이와 같은 양극단의 조화로써 나타난 것이다. 그러나 한쪽만을 고집함으로써 치우친 편견은 갈등과 혼란의 끊임없는 고통을 받는 것이다.

고통과 갈등이 소멸된 상태를 찾아 떠난다 해도 찾고자 하는 횃불을 쥐고 있다면 그것이 장애를 일으킨다. 의도를 지닌 그 마음이 치우친 편견을 행하는 것이다. 어둠을 찾아 나서는 것과 같이 무언가를 추구하려는 횃불이 손에 들려 있다면 심혈을 기울여 찾고자 하는 것은 이미 그 자리에 없을 것이다.

정신 수련이란 손에 쥔 횃불을 놓아버리고 고통이 삶의 일부임을 받아들이는 것이다. 손에 쥔 횃불을 놓는 순간 찾아 헤매던 어둠이 드러나듯 모든 노력과 추구가 떨어져 나갈 때 온전한 행복이 이미 존재하고 있었음을 발견할 수 있다. 그렇기에 한 치라도 지금 이 순간을 벗어나게 되면 우리는 잘못된 노력에 길을 잃게 된다. 자신에게 다가오는 모든 것을 통해 배우려는 자세는 슬기롭고 지혜로운 자의 처신이고, 취하고 버릴 것이 없이 모든 것을 포용하려는 삶의 자세는 곧 완전한 조화로움이다.

9장

지금 이 순간을 깨어있으라

지금 이 순간의 고삐를 놓치면
손을 내밀어도 허공을 움켜쥐듯
참마음은 갈 수 없는 나라

죽음보다 깊은 수렁
잠보다 몽롱한 현실
아직도 갈 길은 멀기만 한데
지금 이 순간을 놓치지 않으려
발버둥 친 열정의 흔적들

세상의 즐겁던 일들도
언젠가 액자 속의 장식품이 될 것을
그런데도 사는 게 매번 숨차다.

지금 이 순간의 고삐를 쥐고 달려도
허무의 굴레를 벗어나지 못하여
먼 길을 홀로 갈 수 없다는
허전함의 꼬리표는 끈질기게 달라붙는다.

원하는 방향으로만 줄달음치며
소유를 멈추지 못해 위태로운 불길에도
지금 이 순간을 붙들고 늘어진
고삐를 타고 있는 참마음의 그대가 있다.

본성의 마음으로 산다는 것은 항상 변화를 바라는 갈증으로부터 마음을 회복하는 것이다. 세상은 자신의 그림자다. 톱니바퀴처럼 연결되었기에 자신의 마음을 따라 그대로 전개되고 있다.

내 마음은 세상의 그림자다. 그림자와 자신이 동떨어진 무엇이 아니라는 사실을 이해하기 위해서는 초점을 자신의 내면과 지금 이 순간으로 향해야 한다. 빛이 있는 그대로를 비추듯 자신의 생각을 나타난 그대로 관찰해야 한다.

무릎이 오그라들도록 앉는 수행을 한다 해도, 경전을 산처럼 쌓아놓고 달달 외워도 오직 왜곡 없는 자기 인식의 불씨만이 우리를 인도할 수 있다. 우리는 어떤 상황에서도 마음의 평정을 잃지 않기를 바라는 꿈을 간직하고 있다. 그런데도 한 손으로는 땔감을 계속 집어넣으면서 다른 한 손으로는 불길을 잡기 위해 애쓰는 모순을 행하고 있다. 땔감을 집어넣으려면 불길을 잡지 말던가, 불길을 잡으려면 땔감을 넣지 말던가 해야 하는데 이도저도 아니다.

무엇을 하든 '지금 이 순간'의 초점을 놓치고 있다면 나를 찾는 일이란 물 건너 간 것이다. 우리가 '지금 이 순간'을 놓치는 이유는 항상 '~에 대하여'를 생각하기 때문이다.

우리에게 문제가 일어나는 것도 사실은 자신이 문제를 삼기 때문이다. 별일 아니라고 생각하면 문제가 되지 않는다. 문제란 해결책이 있기에 붙여진 이름이다. 반은 자신의 입장에서, 반은 상대의 입장에서 바라본다면 해결되지 못할 문제란 없을 것이다.

이렇게 해서도 해결되지 못할 문제라면 그것은 문제가 아니라 운명이라 불러야 마땅하다. 아무튼 문제를 찬찬히 살펴보는 것만으로도 반쯤은 해결된 것이다. 문제를 살필 수 있다는 것은 마음이 안정되었다는 것이며, 자신의 입장에서 자유로워야 모든 일의 해결책을 찾을 수 있다.

만일 억울함을 당하는 순간에도 지금 현재를 지켜볼 수 있다면 내면에 환한 불이 켜졌음을 의미한다. 더욱이 분노자를 주시할 정도라면 세상을 통해 배울 수 없는 것을 배우는 것이다. 억울함이라는 최고의 스승을 만날 기회란 인생에서 몇 번 오질 않는다. 그처럼 귀중한 순간을 작은 이득에 눈멀어 성내면서 날려버릴 것인가.

앞날에 대한 불안감도 실제론 과거의 기억으로 비롯된 것이며, 과거와 미래란 동일한 선상에 놓인 허구적 관념이다. 밧줄을 뱀으로 잘못 알아 허둥대다 다쳤다면 누군가를 원망할 수도 없다. 시간에 의한 허구적 관념으로 고통을 당한다면 지금 현재를 놓쳤기에 일어난 현상이므로 더욱 깨어 있으라는 채찍으로 사용하면 될 것이다.

이것이 있기에 저것이 있다

세상만사의 깊은 뜻은
음양의 조화로움이다.
한 얼굴로 웃고 울 수 있듯이
행복과 불행은 동전의 양면

행복과 기쁨만을 추구한다면
나눌 수 없는 것을 나누려는
어리석음이라 고통의 근본
행복하려면 불행을 받아들여야 하고
완전해지려면 불완전을 받아들여라.

생태계에서 완전한 존재란 없다. 완전하다면 생태계가 필요로 하지 않을 것이다. 그렇기에 완전하기 위한 움직임만이 존재한다. 그러나 불완전한 생명체라 해도 자신의 모든 능력을 활용하고 있으므로 실제로는 완전함을 갖추고 있다. 만일 정말로 부족하고 불완전한 생명체라면 존재계에서 이미 모습이 사라졌을 것이다. 따라서 완전해지고 싶은 욕구는 자신이 불완전하다는 것을 입증하는 셈이다. 그렇기에 완전해지고자 아무리 노력한다 해도 자신이 이미 완전하다는 것을 알지 못하면 완전한 존재로서의 탈바꿈은 불가능하다. 그러나 이미 완전함을 받아들이는 것은 완전하려는 버둥거림의 과정을 통해서만 나타난다.

오직 인간만이 불가능에 도전하고 있으며 그렇기에 인간의 앞에는 그토록 무수한 좌절과 실의가 높은 탑처럼 쌓여 있다. 그럼에도 유한한 목숨을 지닌 한계를 극복하기 위한 끝없는 노력이 실현되고 있다. 그러한 노력은 결국 어떤 형태로든 인간을 도울 것이며 성숙한 열매로써 보답할 것이다. 하늘을 날고 싶어 하고, 바다 속을 헤엄치고 싶은 욕구가 비행기와 잠수함을 만든 것처럼 어떤 노력도 무의미하게 흩어지는 일은 없기 때문이다.

마음이 일정하게 움직인다는 것은 차분하게 가라앉았다는 의미이다. 그때 모든 것을 있는 그대로 살펴볼 수 있는 안목을 갖추게 된다. 자신의 의지를 반영하지 않고 있는 그대로를 비추는 거울처럼 연관된 모든 관계에 대해서 투명하게 비춘다면 갈등과 혼란은 존재하지 않는다. 갈등과 혼란이란 자신의 의지가 꺾였을 때 나타나기 때문이다. 세상을 있는 그대로 비춘다면 거기에는 하고자 하는 바가 없다.

세상은 마치 그물로 짠 것처럼 이것과 저것이 모여 이룬 것이다. 그래서 눈에 보이는 것들은 어느 것 하나 소멸되지 않는 것이 없다. 아무리 세상에 매달려 기쁨과 즐거움을 추구해도 모든 존재의 배후로 버티고 있는 노사(老死)의 문제만큼은 절대로 무너지는 일없이 우리를 삼켜 버릴 것이다.

인간이란 신으로 가는 길목에 놓인 현재 진행형이다. 그렇기에 고통의 다리를 건너 고통 없음의 문을 열어야 한다. 다리란 건너라고 있는 것이지 거기에서 살라고 만들어진 것은 아니다. 그런데도 건너가질 못하고 좋은 것을 보면 애착하고, 싫은 소리를 들으면 원망하는 마음이 멈추지 못하는 탓에 엉거주춤 다리에서 집을 짓고 살아가고 있다.

자신에게 주어진 모든 것은 신의 의지로 행해지고 있다. 자신과 타협하거나 자기 합리화를 꾀하려는 것은 신의 의지를 거부하는 것이기 때문에 그 자리에서 멈추게 된다. 멈추는 것이 두려운 것이 아니라 더 나아가지 못하는 것을 두려워해야 한다.

신은 내 마음을 벗어나 존재하는 것이 아니다. 언제 어디서는 내 말과 생각과 행동으로 함께 하고 있다. 그런데도 신이 되지 못함은 자기 연민이 쏟아내는 거품으로부터 단호하게 시선을 거두지 못하는 까닭이다. 자신의 내면에서 울려 퍼지는 미세한 움직임을 놓치지 않고 파악해서 의지가 닿을 수 없는 부분까지 파고 들어가야 한다.

세상일은 마치 눈 위에 발자국이 남는 것처럼 자신이 움직인 그대로를 따라 나타난다. 올 것은 어김없이 오고 갈 것은 어김없이 간다. 그러나 올 것을 오지 말았으면 하고 가는 것을 가지 말았으면 하는 것이 번뇌이고 갈등이다. 한 치의 오차도 없이 진행되는 세상에 대하여 공연히 걱정과 근심을 일으킨다 해도 크게 달라질 일은 없다.

마음을 텅 비우면 세상은 바람처럼 물처럼 스쳐간다. 오고 가는 것에 상처를 받지 않고, 삶의 표면에 매달려 기쁨과 슬픔에 들뜨지 않으며, 삶이란 자연스럽게 스쳐가는 것이란 사실을 이해할 때 존재한다는 자체가 이미 더 없는 축복일 것이다.

　존재계는 피라미드 형태로 연계되어 어떤 동물이 멸종된다면 생태계 전체가 위협을 받게 된다. 마치 돌로 쌓은 축대 속에 돌을 잡아 뽑는다면 축대 전체를 허무는 것과 같다. 이처럼 톱니바퀴처럼 맞물려 돌아가기에 어느 것 하나 의미 없는 존재란 없다. 작은 기둥 하나라도 집을 짓기 위해선 의미 없이 세운 것이 없다는 사실을 이해한다면, 자신에게 일어나는 모든 일이 소홀하게 여길 수 있는 것은 하나도 없다는 것을 깨닫게 될 것이다.

우리는 많은 것들에 의존하면서 살고 있다. 아마도 삶이란 짧고 보잘것없이 스쳐간다는 사실이 무언가에 매달리게 하고 집착하게끔 손짓하는 지도 모른다. 그러나 그러한 손짓에 탐닉하는 것은 자신의 나약함을 확인시켜 줄 뿐이다. 탐닉할 대상에 의존하면서 잠시나마 목숨의 덧없음과 인간 한계의 유한함을 잊을 수는 있다. 그러나 자기 인식을 외면한다면 무한한 가능성을 꽃피울 수 있는 여지와는 멀어지게 된다.

자신이 행하는 의도나 목적 등을 맹목적으로 받아들이면 안일하게 삶을 이어가려는 나약함 때문에 정신이 병들게 된다. 병든 정신은 행복과 불행이 동일한 뿌리를 지녔음을 이해하지 못한다. 마음이 양변으로 편 갈라 놓을수록 무수한 혼란과 갈등으로 위협받게 된다. 자신과의 대화와 탐구를 통해 드러난 이해력만이 두려움에 물들지 않고 당당하게 살아있는 정신을 간직할 수 있다.

자신이 결코 원치 않았던 환경에 처하더라도 그것을 오히려 발전의 계기로 삼을 수 있다. 그래서 위기를 어떻게 넘기는가에 따라 능력이 판가름 나는 것이다.

존재하는 모든 것은 생기고 소멸하는 과정을 끝없이 반복하고 있다. 과거는 이미 흘러갔으며 돌이킬 수 없는 다리를 건너간 것이다. 따라서 우리가 행한 일은 이미 자신의 손을 벗어난 것이다. 행하기 전까지의 과정은 자신에게 속해 있다 해도 서류에 도장을 찍는 것과 같이 이미 찍힌 도장은 이제 자신만의 울타리를 넘어간 것이다.

이렇게 자신의 손을 떠나버린 것은 결과가 어찌되었든 본인에게 주어진 최상의 선택이다. 이미 오래 전에 뿌려놓은 씨앗으로 인해 자신만의 울타리를 건너간 것이다. 그것에 대한 결과가 신통치 않다고 하여 갈등과 혼란을 겪는다면 이미 떠난 버스를 아쉬워하느라 잠시 후면 도착할 버스를 기다릴 인내마저도 사라지게 된다.

우리가 알게 모르게 심어 놓은 씨앗에 의해 세상이 움직이고 있다. 시간이 흘러감에 따라서 우리는 많은 부분에서 손을 놓아야 한다. 그러기 전에 반드시 무의식적으로 방향 잡힌 '나'라는 목적을 이해할 수 있어야 한다. 자신을 던져 놓고 바라보는 객관적인 상태로 접근할 수 있어야 한다.

자신에 대한 객관적인 안목을 지닌다면 좋고 나쁜 것을 판단하고 있는 틀 잡힌 관념을 발견할 수 있다. 자신에게 틀 잡힌 관념을 발견할 수 있는 안목을 지녔다면 세상을 하나의 풍경화처럼 바라볼 수 있다. 그때 비로소 세상이란 자체라고 할만 한 실체가 없으며, 단지 이것이 있기 위해선 저것이 있었음을 전하기 위해 피어난 한 송이 꽃과 같음을 깨닫게 된다.

한 치의 오차도 없이 진행되는 세상에 대하여 공연히 걱정과 근심을 일으
킨다 해도 크게 달라질 일은 없다. 마음을 텅 비우면 세상은 바람처럼 물처
럼 스쳐간다.

삶의 표면에 매달려 기쁨과 슬픔에 웃고 울면서 살아본들 노사의 강물을 비켜갈 수는 없다. 우리는 항상 현재 진행형으로 살아야 한다. 과거와 미래라는 존재하지도 않은 유령에게 정신을 맡길 수는 없다. 그렇기에 자신에게 주어진 모든 것은 미루는 일 없이 마무리를 지어야 한다.

자기 연민의 거품만 일으키지 않으면 있을 것은 제자리에 있고 존재한다는 자체가 이미 더 없는 축복이다. 허공도 우리를 위해 전심전력을 다하고 있다. 길을 걸을 수 있도록 자신의 배를 갈라 길을 터주고, 손을 흔들 수 있도록 그 자리에 있던 허공이 물러나 옆으로 비켜선다.

10장

종을 울려라

내 사는 동안 한번은
꼭 만나고픈 무언가를
만나지 못해 병이 되었다.

손때 묻은 낡은 물건을
손질하다 부서진 이후로
모든 것들은 잠시 머물다
사라져야 하는 것인가.

그 이후로 마음에 둔
꼭 만나고픈 무언가는
내 병이 도지는 한이 있어도
가만가만 내버려 두었다.

완성과 마음이란 불가분의 관계이다. 왜냐하면 마음은 항상 완성을 꿈꾸는 습성에 길들여져 있기 때문이다. 그러나 완성을 향해가면서도 완성을 이루지 못하는 것은 마음이 뿌리를 내리려는 습성으로 인해 무엇이든 집착하기 때문이다.

완전한 열정을 통해 자신을 바쳤다면 거기엔 집착할 거리가 없다. 자신의 삶을 촛불처럼 태우면서 살았다면 삶과 죽음에 집착할 필요는 없을 것이다. 그런 의미로 보면 집착이란 어떤 일에 최선을 다하지 못하고 무언가 아쉬움이 남는 것을 돌아보는 일이다.

잃어버린 사람의 사진을 보면서 슬퍼하는 것은 옛날에 함께 지내던 기억들이 스쳐가면서 연상되기 때문이다. 따라서 아무리 슬픈 일을 당했더라도 참아낼 수 있는 비결은 과거의 기억을 떠올리지 않도록 초점을 지금 현재로 맞추는 것이다. 그러면 마음이 과거를 넘나들지 않으므로 슬픔을 비교적 담담하게 지켜볼 수 있다.

이 세상에 무엇 하나 믿을 수 있는 것은 없다. 모든 것은 매 순간 역동적으로 변하고 바뀌어 간다. 심지어는 바위조차도 끝없는 에너지의 파동을 일으킨다. 벽에 풀을 발라 종이를 붙여놓으면 언젠가는 떨어질 것이다. 바위도 오랜 시간이 지나면 부서져 결국 티끌로 사라질 것이다.

마음은 연못과도 같다. 생각의 돌을 던지면 파문이 일어나기 때문이다. 마음도 연못처럼 고요한 제로상태를 유지하려는 복원력을 지니고 있다. 매번 반응을 하기 때문이다.

그렇다면 초점을 어디로 맞출 것인가 하는 문제가 남아있다. 제로 상태인 복원력에 맞출 것인가, 아니면 물결치는 파문에 중점을 둘 것인가. 마음을 여전히 도적으로 취급하고 있다면 애착과 원망을 일으키는 파문에 초점을 맞추고 있다는 의미이다. 제로 상태인 복원력에 맞춘다면 마음이란 본래로 그렇게 생겨 먹은 탓에 상황이 전개되면 파문이 일고 반응을 나타내는 것은 당연한 것이다.

그러려니 하면서 지나치면 기쁘고 슬픈 마음의 응어리를 담담하게 지켜볼 수 있다. 얼마 지나지 않아 응어리가 사그라지는 모습을 발견한다. 그들은 때 되면 왔다 사라지는 손님들이다. 손님 하나 지나갈 때마다 나와서 시시비비를 가리려고 힘을 낭비할 필요는 없을 것이다.

　세상을 향해 손을 내밀면 세상도 손을 내밀 것이다. 한 걸음 다가가면 세상도 한 걸음 다가올 것이다. 세상은 내 마음을 따라 움직이는 거울처럼 존재한다. 내가 부산하고 혼란스러우면 세상도 무질서하지만 내가 침묵에 쌓여 있으면 세상도 무한 침묵으로 존재한다. 그렇기에 고통을 소멸시키려는 노력이 오히려 고통을 증가시킬 뿐이다. 왜냐하면 고통을 실재하는 것으로 보기 때문이다. 고통은 자연스러운 것으로 이해되어야 한다. 고통은 살아있음의 대가이다. 괴로움에 못 견뎌하거나 화를 낸다면 삶의 기차를 타고 가면서 무임승차하겠다는 말과 같다.

집착이 없다는 것은 세상은 끝없이 흘러간다는 것을 이해한 것이다. 삶이란 무수한 변화 속에서 험한 파도를 헤쳐나가는 힘겨운 노력이다. 풍랑이 일어나는 세찬 바다에서 돛단배로 버티어 내는 용기를 지녀야 한다. 잠시 쉬는 순간에는 세차게 밀려드는 경쟁에서 저만치 밀려날 수도 있다. 고인 물은 썩어가듯 끝없는 흐름 속에서 길을 잃으면 부패된 거품이 사방으로 퍼져 나온다.

　진정한 평화는 세차게 물살이 흘러내릴 때 존재한다. 어디에도 안주하려고 하지 않으며 머물 곳을 찾지 않는다. 힘차게 내달리는 냇물은 머지않아 강이 되고 바다가 된다. 그리고는 수증기가 되고 다시 비가 되어 냇물로 흘러내릴 것이다. 그것이 평화로움이다.

　고요한 가운데 평화를 취하려는 것은 끝없는 흐름을 두려워하기 때문이다. 그것은 평화가 아니다. 촛불이 타는 것은 위의 촛불이 타서 꺼지고 뒤의 촛불이 일어남으로 해서 타 들어가는 것이다. 초는 자신을 불사르며 빛을 내고 있다.

　같은 물살에 발을 두 번 담글 수 없는 것처럼 모든 현상은 매 순간 지나가고 새로운 시작이 계속된다. 물살이 여기에서 저기로 흘러갔다는 것은 멈추어진 중간지점을 통과하는 것이다. 세상은 끝없이 불타오르면서 멈추어져 있다. 고통의 물결이 일어나는 것도 멈춤을 통과하기 때문에 생겨날 수 있다. 무엇을 얻고자 하는가, 본래부터 고요했고 나중까지 고요한 세상에서.

화가 花로 피어날 때

초판 1쇄 펴낸 날 | 2015년 3월 5일

지은이 | 무각
펴낸이 | 이금석
기획 · 편집 | 박수진
디자인 | 강한나
마케팅 | 곽순식
경영 지원 | 현란
펴낸 곳 | 도서출판 무한
등록일 | 1993년 4월 2일
등록번호 | 제3-468호
주소 | 서울 마포구 서교동 469-19
전화 | 02)322-6144
팩스 | 02)325-6143
홈페이지 | www.muhan-book.co.kr
e-mail | muhanbook7@naver.com
가격 13,000원
ISBN 978-89-5601-383-1 (03810)